그대는 이미 찬란하다

흄

내일이 두려운 오늘의 너에게

내일이 두려운 오늘의 너에게

초판 1쇄 발행 2020년 1월 22일
초판 8쇄 발행 2024년 11월 20일

지은이 조성용 흔글

발행인 장상진
발행처 (주)경향비피
등록번호 제2012-000228호
등록일자 2012년 7월 2일

주소 서울시 영등포구 양평동 2가 37-1번지 동아프라임밸리 507-508호
전화 1644-5613 | **팩스** 02) 304-5613

ⓒ조성용 흔글

ISBN 978-89-6952-383-9 03810

내일이 두려운 오늘의 너에게

조성용 흔글

경향BP

차례

작가의 말

- 읽어주셔서 감사합니다.

글을 읽어주시는 독자님들에게 자주 전하는 말입니다.
혼자 써 내려간 이야기가 누군가에게 닿으면
비로소 살아 숨 쉬는 것 같은 기분을 느끼게 되죠.

그전까지의 저는 벽 앞에 서서
혼잣말하는 보통의 사람에 불과할 겁니다.

저를 존재할 수 있게 해주신,
이 책을 통해 마주한 독자님들에게 감사의 말을 전합니다.

산다는 건 무너짐의 반복인지도 모릅니다.
아무리 조심하며 걸어도 때로는 어딘가에 걸려 넘어지게
되고, 그 자리에 앉아 엉엉 울기도 하다가 몇 안 되는 소
중한 사람들이 건네는 손에 조금씩 희망을 채우게 되죠.

이따금 좌절과 극복을 겪으며
천천히 성장하고 있는 우리의 삶이 간혹
아름답다고 느껴지는 건 어쩌면 살아가면서
느꼈던 모든 것이 소중한 것이었음을
말해주는 게 아닐까요.

한때 나를 나약하게 만들었던 깊은 외로움,
갈등과 선택이 사실 지금의 나를 존재할 수 있게 한
성장통일 수도 있다는 거죠.

삶은 계속해서 흐르고 우리는 조금씩 변합니다.
예전의 내 모습과 지금의 내가 다른 것도
시간과 함께 나 또한 계속해서 흘러갔다는 것을 뜻하죠.

똑같은 의미를 가진 말도 어떻게 표현하느냐에 따라
둥글게, 혹은 뾰족하게 변할 수 있는 것처럼
우리는 매일 변하고 있음을 인정해야 합니다.

변화를 미워하지 않고 순순히 받아들이는 것.
우리가 한 단계 성장하는 건 그때부터일 것입니다.

사람은 언제든 무너질 수 있고,
멈추어 서야만 하는 순간에 당도할 수 있습니다.
하지만 그때마다 나를 지켜야 하는 이유를
기억할 수 있기를 바랍니다.

부디 이 책 안에서 삶을 지켜낼 수 있는
하나의 문장을 마주할 수 있기를.

"평범하지만 따뜻한 그대의 삶을 응원합니다."

오늘을 사는
그대에게

오늘은 아무에게나 주어지지 않는다. 아침에 눈을 뜨고, 어디론가 나아갈 수 있다는 건 성장할 기회를 선물 받은 것. 그러니 부디 그 선물을 잘 쓸 수 있기를 바란다. 하루하루가 지겹게 느껴질 때는 우리에게 언제나 내일이 펼쳐져 있지는 않다는 걸 기억하라. 삶의 끝자락은 언제든 찾아올 수 있고, 고로 눈을 뜨고 살아가는 나 자신은 기적 같은 존재다. 지독히 평범한 하루 속에서도 느낄 수 있는 것들은 많다. 다만 우리가 흘려보내며 살았을 뿐. 오늘의 숙제는 잘 살아내는 것. 선물처럼 주어진 오늘 하루를 뜻깊게 보내는 것. 어디론가 나아가는 당신이 하찮은 존재가 아니라는 것을 깨닫는 것.

오늘을
다루는 방법

꾸준한 사람이 되는 것. 빠른 속도로 삶을 질주하는 것이
아니라 일정한 속도로 생을 완주하는 것. 내가 바라는 삶
은 그런 것이다. 계속해서 어딘가로 나아가는 것. 힘들 때
는 잠시 멈춰 서 숨을 돌리고, 근사한 풍경을 만나면 한참
을 바라보며 다시금 달리기를 반복하는 단순하지만 영원
한 꿈. 당연시하며 흘려보냈던 숱한 오늘을 소중한 선물
처럼 조심스럽게 다루는 것. 날마다 삶의 마지막 페이지
라고 생각하며 후회 없이 살아내는 것. 잊지 않기를 바란
다. 오늘이 가장 중요한 날이고, 내가 살아가고 있음을 증
명할 수 있는 순간이다. 오늘은 오늘에만 있을 뿐. 내일엔
사라질 테니 지금을 살자.

부디 오늘은
– 행복할 수 있기를.

꿈

한 치 앞을 모르는 미래를 걱정했던 적이 있었지. 내가 무엇이 될지, 어떻게 살지도 모르면서 마음대로 상상하고 또 꿈꾸던 시절. 그땐 꿈이라는 게 막연히 살아가면서 거쳐야 하는 하나의 관문이라고 생각했는데 꿈은 나를 움직이게 하는 연료였던 거야. 평생 품고서 꺼뜨리면 안 되는 작은 불씨. 꿈이 사라지면 살아갈 이유가 없는 것과 다르지 않았지. 꿈을 너무 어렵게 생각하지 않았으면 해. 누군가에게는 내일 바다 앞에 앉아 찰랑거리는 파도를 보는 것이 꿈이 될 수도 있고, 좋아하는 사람에게 전화를 거는 것이 꿈이 될 수도 있지. 살아있음을 깨닫게 하고 의미를 느낄 수 있는 일이라면 모두 꿈이라는 것. 가슴이 뛰는 순간을 오래오래 기억하기를 바라. 꿈이 사라진다는 건 맥박이 멈추는 것, 내일을 잃게 되는 일일지도 모를 테니 꾸준히 작은 불씨를 지켜내기를.

꿈은 나를 움직이게 하는 연료였던 거야.
평생 품고서 꺼뜨리면 안 되는 작은 불씨.
꿈이 사라진다는 건 맥박이 멈추는 것.
꾸준히 작은 불씨를 지켜내기를.

걱정에
잠길 때

세상의 박자를 따라가기 힘들어 벅찼던 적이 있다. 나를 제외한 모든 게 빠른 속도로 나를 추월하는 것 같고, 이러다 보면 결국 난 도태되는 것이 아닐까 하는 걱정도 되고. 그럴 때마다 습관처럼 되뇌는 말.

'나는 우주의 먼지일 뿐이다, 먼지일 뿐이다…'
(이러면 마음이 조금은 편해진다.)

우리가 하는 걱정의 대부분은 쓸데없는 감정 소모라고 생각한다. 해결할 수도 없고 일어나지도 않은 문제를 혹시나 하는 마음에 붙잡아두면서 스스로 속을 썩인다. 현실에 상상이 더해지면서 거대하게 불어난 걱정을 마주하면 숨이 턱 막히는 위축감을 느낄 수 있는데 그럴 땐 그냥 먼지처럼 쓸어버리면 그만이다. 마음 구석구석 쌓여버린 걱정들을 방 청소하듯이 쓱쓱. 부디 걱정에 잡아먹히지 않길 바란다. 먼지 대하듯 대수롭지 않게 여기기를. 마음에서 피어난 조그마한 분열이 나를 무너뜨리지 않게.

사랑은
슬며시 온다

사랑은 언제나 갑작스럽게 찾아온다. 더는 사람을 잃고 싶지 않아 아무도 만나지 않을 거라 단언하는 순간. 파란불이 켜지면 도로를 횡단하는 것이 당연하듯, 내 온몸이 빨간불 되어 사랑 앞에 멈춰 서던 시절. 이리저리 치이고 흔들리며 갈대처럼 서 있던 나에게, 당신은 바람처럼 다가왔다. 인연이 되고 싶다가, 인연인 줄 알았다가, 인연임을 확신하는 순간까지 달려온 지금. 다시는 사랑을 하지 않을 거라 단언하지 마라. 사랑은 갑작스럽게 다가와 사랑하지 않겠다 다짐한 내 마음을 부수고, 기어코 내 안에서 폭죽을 터뜨린다.

화요일 같은
삶

문득 내 인생을 일주일로 나타낸다면
지금은 '화요일'쯤이지 않을까 하는 생각이 들었다.

월요일은 일주일의 시작이고,
수요일은 일주일의 중간 날,
목요일은 오늘만 버티면 금요일이란 기대감이 드는 날,
금요일은 주말을 앞둔 날.

이처럼 각각의 요일은 존재감이 있는데
화요일만 신기하게도 아무런 존재감이 없기 때문이다.

존재감이 없다는 말은 곧 정체성이 없다는 말이기도 한데,
어쩌면 내가 지금 '화요일'을 지나는 이유는
정체성을 찾아 나서는 여행이 필요하기 때문이 아닐까.
앞으로 다가올 수많은 요일을 마주하고,
최종적으로 찬란한 주말에 도착하기 위해선
스스로 단단해지지 않으면 안 되니까.

내 안에 정체성이란 기둥을 세우고,
나 자신을 조금은 정의할 수 있도록 존재하는 시기.
지금은 좀처럼 쉽지 않지만
언젠가 화요일을 지날 수 있겠지.

그때가 되면 나 자신이 조금은 대견해질 것 같다.
청춘을 보내고 있는 모든 이들이
저마다의 의미를 찾을 수 있기를.
우리의 삶이 값진 여행이 될 수 있도록.

별처럼 나 또한
빛나고 있음을

별이라는 존재를 처음 알게 됐을 때, 별을 보겠다고 옥상에 올라가서 밤하늘을 올려다본 적이 있어. 그런데 기대와는 달리 별이 하나도 없어서 한참을 울었지. 그때 부모님이 해주신 말씀이 기억나.

"성용아, 울지 마. 별은 빛나고 있어. 구름 때문에 보이지는 않아도 예쁘게 반짝이고 있단다."

그 말은 지금껏 나를 무너지지 않게 단단히 마음을 붙잡아주었어. 그때는 무슨 의미인지도 모르고 울기 바빴지만, 구름에 가려진다고 별이 빛나지 않는 게 아니라는 사실은 내가 초라하다고 느껴질 때마다 스스로 빛나는 존재라는 것을 깨닫게 해줬지.

거대한 세상에서 한없이 작아져 버린 것 같을 때, 스스로 없어 보이고 측은한 감정이 들 때, 노력한 만큼 원하는 결과를 얻지 못해서 슬플 때.

나 자신에게 이 말을 건네주기를 바라.

'나는 여전히 빛나고 있다. 잠시 가려져 있을 뿐이다.
절대로 가치 없는 사람이 아니다.'라고.

아주 가끔은
기댈 줄 아는 삶

살다 보면 흔히 착각하는 것이 있습니다.
혼자서 모든 것을 감당할 수 있다는 착각.

아무리 튼튼한 마음을 가지고 있어도
한순간에 연약해지는 것이 사람인데,
많은 사람이 부대끼며 사는 것이
결코 외로움 때문만은 아닐 것입니다.

혼자서는 절대 해결할 수 없는 마음의 공백을
다른 누군가를 통해 채울 수 있기에,
서로의 이야기가 위로가 되고,
살아가는 힘이 된다는 것을
몸소 느꼈기 때문이겠죠.

의지란 절대로 나약한 행위가 아닙니다.
함께여야만 도달할 수 있는 길이 있는 법이니

누군가에게 기댈 줄 모르는 사람은
평생 그 길에 가보지 못한 채 삶을 마감하는 것입니다.

그러니 부디 쓸쓸히 혼자가 되어 남지 않기를 바랍니다.
마음 한편을 내어줄 수 있고
그만큼씩 받아줄 수 있을 때
비로소 완전한 사람이 될 수 있습니다.

- 그럼에도 삶이 쓸쓸할 때는 기대도 된다는 말이에요.
  혼자서 끙끙 앓지 않아도 돼요.

당신의 그늘을
응원한다

묵묵히 견뎌내는 것처럼 보이지만 당신에게도 근심 가득한 그늘이 있다는 것을 안다. 언제나 씩씩하게 살아가는 당신이지만, 누구에게도 말 못 할 걱정 하나쯤 은밀히 키우고 있다는 것을 안다. 당신이 속으로 삼킨 슬픔의 흔적을 볼 때마다 그 어떤 것도 해줄 수 없는 것 같아 속상하지만 공허한 세상 속 한 사람이라도 당신을 깊이 생각한다는 것. 더는 버틸 수 없을 때 당신을 받아줄 사람 있다는 것. 그 사실이 위안이 되었으면 한다. 오늘도 당신을 응원하는 사람이 있다.

기대지
마시오

지하철을 타고 달리는데 문에 적혀 있는 '기대지 마시오'라는 말이 눈에 들어왔다. 문득 나는 참 많이 기대며 살아왔구나 하는 생각이 들었다. 부질없는 인연에 기대고, 곧 사라질 마음에 기대고, 헛된 욕심에 기대고. 쓸데없는 것들에 의지하며 살아온 나는 그것들이 무너져내릴 때 함께 무너지곤 했다. 요즘 사는 게 걱정이라던 네 생각이 난다. 너는 함부로 기대지 마라. 정 기댈 곳이 있어야 한다면 너 자신에게 먼저 기댈 수 있기를. 지금은 스스로 연약하고 보잘것없는 존재라고 생각할 수 있겠지만, 너라는 존재는 생각보다 쉽게 무너지지 않는다.

합리화

사람이 합리화를 하는 순간은 스스로 힘들다 여길 때인 경우가 많다. 일종의 자기방어인데, 포기하는 자신을 마주하기는 싫고 나를 괴롭게 하는 순간에서는 벗어나고 싶을 때, 그럴듯한 이유를 대며 합리화하는 거다. 그러나 나는 합리화야말로 살아가는 데 있어서 꼭 필요한 것이라고 믿는다.

(누군가는 약한 자의 자기 위로라고 할지 몰라도, 스스로 쓸모 없다 여기고 자신을 낮추는 것보다는 낫다고.)

나를 지키는 하나의 방법일 뿐, 잘못된 건 절대로 아니라고. 그러니 빠져나오지도 못한 채 힘든 순간에 머물고만 있다면 그럴듯한 이유를 대고 그 순간에서 빠져나오자. 단순히 길을 잘못 들어선 거라 생각하고 다른 길을 걷자. 멈추지만 않는다면 우린 포기한 게 아니다. 무수히 많은 길이 우릴 기다리고 있으니까. 지금 나아가고 있는 길에서 넘어졌다고 해서 너무 좌절하지 말자. 이 길이 끝이 아니다.

우리에게는 아직 무수히 많은 길이 남아 있다.
지금 나아가는 길이 끝이 아니고,
좀전에 넘어졌다고 해서 삶이 무너지는 것이 아님을.
마음만 죽지 않으면 우린 언제든 괜찮아질 수 있다.

행복이란

일전에 독자님들에게
행복이 뭐라고 생각하는지 물었던 적이 있습니다.
그 모든 답변입니다.

- 내 주변이 웃는 일이요.

- 아무런 걱정 없이 있는 순간.

- 지금 이불 속.

- 그냥 지나고 나면 아는 거.

- 내가 좋아하는 사람들과 아름다운 추억 만드는 것.

- 지금이요!

- 맛있는 음식.

- 나를 믿어주는 사람이 있는 것.

- 따뜻한 눈으로 나를 봐주는 사람이 있다는 것.

- 행복이 뭔지 궁금해하지 않는 것.

- 한여름에 동네 슈퍼에서 아이스크림 먹는 거랑
  동네 호떡집에서 따뜻한 호떡이나 어묵 먹는 것.

- 참지 않는 것.

- 마음에 걸리는 게 한 가지도 없는 것.
- 무슨 일을 하든, 무엇을 하든 웃음이 절로 나올 때.
- 사람이요.
- 생각만 해도 웃음 나는 것.
- 내가 가치 있는 사람이고
  그렇게 생각해주는 사람이 존재한다고 깨달을 때.
- 계속 살고 싶다는 기분.
- 가족들이 다 있는 것.
- 하고 싶은 일을 할 때.
- 살아있는 것. 내가 없으면 아무것도 없죠.
- 사소함.
- 지금 이 순간.
- 목표가 있는 것.
- 내가 소중한 사람임을 느낄 때.
- 불행의 연속에 한 번의 행운이 찾아올 때.
- 당신.
- 흔들리지 않는 단단한 자아.

- 엄청 추운 날, 집에 들어와서
  이불 덮고 따뜻하게 잠드는 것.
- 소소한 것.
- 요즘 어때? 라고 누군가 물어봤을 때 행복하다고
  대답할 수 있는 것.
- 이유 없이 피식피식 웃게 되는 그런 날.
- 내가 웃고 있을 때.
- 시험 성적이 좋을 때.
- 평범한 하루.
- 아무것도 없는 것.
- 의미부여. 흘러나오는 노래, 부는 바람, 떨어지는 낙엽,
  이런 생각을 하는 내 마음에서 의미를 찾을 때.
- 내일이 걱정되지 않을 때.
- 실수해도 만회할 수 있는 내일이 있을 때.
- 나를 다독여주는 사람이 있을 때.
- 잠시라도 아무 걱정 없이 편하게 웃을 수 있는 것.
- 사랑을 느낄 때.

- 같이 울어주는 사람이 있을 때.
- 햇살이 밝을 때 거리를 걷는 기분.
- 오늘을 사는 것.

행복은 이렇게나 많이 존재하고 있어요. 누군가의 행복을
알게 되니 덩달아 행복해지더라고요. 그래서 알려드리고
싶었어요. 행복합시다.

마음
정리

재생 목록에서 좋아하는 노래를 고르고 창문을 열어 케케묵은 방안을 환기하면 비로소 글을 쓰기 위한 준비 동작이 끝이 난다. 일전에 누군가가 대체 당신의 마음에는 어떤 것들이 살고 있고 또 가득하기에 그런 글을 쓰는 거냐 물은 적이 있다. 그때는 그냥 "그러게요." 하고 말았는데 곰곰이 생각해보니 무언가를 채웠을 때보다는 열심히 비워냈을 때 글들이 잘 써졌던 것 같다.

어질러진 마음을 정돈하고 난 뒤 문득 떠오르는 생각들을 마주하면 내가 실토하는 것이 곧 글이 되고 누군가에겐 평생을 울릴 문장이 되어 남는 것이다. 요즘은 집안 정리를 꽤 열심히 하고 있다. 깔끔한 사람이 되어가는 것 같다. 별생각 없이 빨래를 돌리던 내가 '옷은 색깔별로, 양말은 양말끼리, 수건은 수건끼리' 세탁한다는 것. 누군가에게는 당연할 수도 있겠지만 내게는 엄청난 변화다.

지금부터 아주 조금씩 정렬된 삶에 익숙해질 것이다. 그럼 잔잔하게 흘러가던 평범한 우연도, 미세한 떨림도 거대한 해일처럼 내게 밀려오지 않을까. 작은 행복에 웃음 짓는 사람이 되자.

일종의
방어

나는 내 사람이다 싶으면 마음을 주지만
그게 아니라면 거리를 둔다.
그건 상대방이 싫어서가 아니라 일종의 방어다.
거리를 좁힐 수 있는 친밀함이 생기기 전까지는
몇 뼘 떨어진 곳에서 대화를 나누는 것이다.
사람들은 내가 한순간에 가까워지기 싫어서
방어한다고 생각하지만 실은 멀어지기 싫어서다.
서로를 잘 모르는 상태로 가까워졌다가
잃어버린 관계가 참 많아서, 다시 반복하지 않기 위해서.

말보다
마음 먼저

가끔은 말보다 마음이 먼저 내게 왔으면 하는 순간이 있다. 좋아한다는 말보다 '정말 나를 좋아하고 있구나.' 느껴지는 마음 먼저. 사랑한다는 말보다 '정말 나를 깊이 생각하는구나.' 생각이 드는 마음 먼저.

말은 조금 늦어도 괜찮다. 성급히 말하지 않아도 된다. 모든 관계에서 제일 우선이 되어야 할 것은 마음을 전하고 마음을 확인하는 일. 말보다 마음이 더 우선이 되는 것.

그대는
가능성이 있는 사람

매일 부담감에 짓눌린 채 살아왔다. 일을 시작하게 된 스무 살 초반 때부터 지금까지 하나도 쉬운 일은 없었다. 모든 건 나 혼자 이겨내야 했고, 나 혼자 결정해야 했으니까. 나는 내 삶이 잘 흘러가는 건가 의문을 품을 수도 없었다. 그런 생각을 하는 순간 내 마음은 급격히 요동치며 탈선할 것 같아서 잘 가고 있겠거니 믿으며 살았다. 주변을 보면 취업을 준비하는 사람들이 많다. 나는 안다. 그들이 얼마나 외롭고 힘든 길을 걷고 있는지. 아침에 눈을 뜨는 순간, 시원한 기지개를 켜지 못하고 한숨을 먼저 내뱉는 이유를. 불투명한 매일을 사는 것, 그건 아마 불안의 연속일 테니까. 나는 힘듦을 어림짐작하는 정도라서 섣불리 위로의 말을 건넬 수는 없겠지만 우리에게 내일은 언제나 열려있다는 사실. 어제보다 오늘 더 나아질 수 있다는 믿음을 항상 품으라고 말해주고 싶다. 지금은 멈춰 있는 것 같겠지만 나아간다는 마음을 품는다면 언젠가 그 끝에 닿을 수 있을 거라고.

지금도 나는 스스로 잘 걸어가고 있는지 알 수는 없지만 불안하지 않다. 어떤 순간이 와도 나 자신을 믿는다면 불가능한 것은 없을 거라 확신하니까. 그러니 그대도 그대의 한계를 낮게 정해두지 않기를. 언제나 가능성을 열어두는 사람이 되기를. 우리에게 내일이 열려 있는 것처럼.

사람은 쉽게
변하지 않는다

사람은 쉽게 변하지 않는다. 한두 번이나 잠시는 정반대의 사람으로 살아갈 수 있을지 몰라도, 내면 깊이 존재하는 본질적인 모습은 더더욱 바꾸기 어렵다. 사람은 고쳐쓰는 게 아니라는 말이 생겨난 것도 괜한 일은 아닐 테다. 종종 누군가의 고민을 듣다 보면 단골손님처럼 찾아오는 사연이 바로 이 문제다. '연인 혹은 친구를 믿고 기다려줬으나 나쁜 모습을 버리지 못하고 본모습으로 돌아갔다더라.' 하는 이야기들. 간혹 주변에서 과거의 모습을 완전히 떨쳐내고 새로운 사람이 되어 살아가는 몇 사람들을 보며 변화를 쉽게 생각하는 사람들이 있는데, 그 뒤편에는 희박한 확률을 이겨내고 나를 고쳐내겠다는 의지와 하루에도 수십 번씩 갈등하고 저항하는 노력이 있었다는 걸 알아야 한다. 사람은 쉽게 변하지 않는다, 아니 못한다. 그러니 변화를 우습게 생각하지 않기를. 변해야 한다면 엄청난 노력이 동반되어야 하고, 변해야만 하는 이유를 찾아내어 늘 되새겨야 한다는 것을 명심하자. 누구나 변할 수는 있지만 쉽게 변할 수는 없다.

세상이
힘들 때

세상이 너를 너무 혼내지. 이유도 모른 채 넌 당하고만 있고. 사람 마음을 흔드는 게 바람뿐만이 아니지. 마음은 생각보다 자주 아프고, 너를 울리는 게 억울함이기도 하잖아. 그럴 때는 기대도 돼. 우울 속에 잠겨있는 네게 황홀이 되어줄게.

온전한 내가
되어가는 시간

우리는 종종 혼자가 된다. 살아가다 보면 어느 순간, 누구의 시선도 닿지 않고 고독히 혼자여야만 하는 공간에 놓인다. 예전에는 이 공간에 있는 것을 지독히도 괴로워했다. 누군가 곁에 없으면 내가 곧 사라질 것 같았고, 억지로 관계를 연명했었다. 그러나 요즘은 되려 혼자의 시간을 즐기고 있다. 타인에게 기대지 않고 잠시나마 독립할 수 있다는 건 어쩌면 온전히 나로 살아갈 수 있는 유일한 순간일 거야! 라고 생각하면서. 나는 우리가 완전한 인간보다는 온전한 사람이 되기를 꿈꾼다.

조금은 부족해도 진실한 사람.
혼자가 되는 시간을 너무 두려워하지 않길.
그 시간은 온전한 내가 되어가는 단계일 테니까.

혼자가 된다는 건
온전한 내가 되어 살아갈 수 있는
유일한 시간을 선물 받은 것.
그러니 그 시간 속의 당신이
온전히 빛날 수 있었으면.

괜찮아

시간이 갈수록 내 상처에 민감하게 반응하는 사람들보다는
'그랬구나.' 하며 덤덤히 반응해주는 사람들이 좋다.

큰일이라도 난 것처럼, 자신이 겪었다는 듯이 맞장구쳐주
는 게 아니라 그럴 수 있다고 말해주고 별일 아니라는 듯
생각해주는 것. 누군가 내 얘기를 가만히 들어주고, 고개
를 끄덕여주는 것만으로도 내 마음을 알아주고 있구나 하
고 안도하게 된다니….

위로라는 단어의 속뜻은
어쩌면 '곁에 있어 주세요.'가 아닐까.
따스한 곁, 그것만으로도
텅 빈 마음은 한껏 부풀 것이다.

졸업

요즘은 인간관계에서 졸업하고 싶다는 생각이 든다. 깊게 믿었던 사람이 내게 등 돌리고, 시답잖은 이유로 나를 떠나가는 누군가의 뒷모습을 바라보면서 관계의 잔인함을 경험했으니 마음 맞는 몇 사람만 내 곁에 남았으면 좋겠다고.

더는 상처받지도, 외면당하지도 않고 나를 아프게 하는 관계에서 완전히 졸업할 수만 있다면 얼마나 좋을까. 어쩌면 삶이 끝나는 순간까지도 이뤄지지 않을 가능성이 크겠지만, 주변에 있는 소중한 사람들에게 보답하고, 썩어가는 관계를 방치하지 않고 제때 정리한다면 이뤄질 수도 있지 않을까 생각이 든다. 나만 소중하게 생각하는 인연이 아닌 서로 소중히 생각하는 관계가 될 수 있도록 애써야겠다.

익숙한
사람

나를 믿어주는 사람이 곁에 있다는 건 그 자체로 엄청난 선물일 거야. 낯선 사람들만 가득한 이 세상에 익숙한 사람이 있다는 건 참 다행이잖아. 말하지 않아도 내 속을 알아주고, 괜찮다고 쓰다듬어주는 사람이 내 편이라는 것. 그것만큼 든든한 건 없을 거야. 대단한 인연을 바라지 않는 법을 배웠으면 해. 우리에게 필요한 건 함께 흘러갈 수 있는 잔잔한 물결 같은 사람, 언제든 불러낼 수 있고 달려갈 수 있는 안식처 같은 사람이야. 결코 그런 사람들을 소홀히 대하지 않기를 바라.

숨을
고르는 시간

점점 무감각한 사람이 되어가고 있는 것 같다.
벅찬 감정을 느껴본 적이 언제였는지,
무언가에 열중하고 가슴이 뛰던 때가 내게도 있었는지.
어느새 미적지근한 인간이 되어버렸구나.
한숨을 푹 내쉬었다.

이것도 삶의 한 부분인 거겠지,
언젠가는 풀어야 할 숙제였겠지.

이 감정이 싫은 건 아니다.
다만, 무언가를 상실한 것만 같아서 아주 조금 씁쓸할 따름.
그럼에도 살아가야지. 무너지지 않고 안주하지 않고.
그럼 숨죽은 듯 잠자코 있는 내 마음도 다시금 뛰게 될 거야.

지금은 잠시 숨을 고르고 있는 거지.
긴 호흡을 하고 나면 근사한 미래에 가 있을 거야.

절망

달이 너에게 닿았다.
지구에서 봐도 보일 만큼
너는 달보다 눈부셨다.
나에게만 예쁜 사람이길 바랐지만
하필 모든 우주가 너를 탐냈다.

준비물

먼 길을 떠나기 전,
우리에게 필요한 건 의심하지 않는 마음이다.
내가 걷는 이 길을 신뢰하고 주눅 들지 않는 것.
순간순간 드는 약한 생각들에 폭삭 무너지지 않게
내 마음을 쓰다듬어주는 것.

떨어지지 않는 발걸음을 어떻게든 한 발 내딛는 순간,
바로 그때가 한낱 우주의 먼지에 불과한
우리가 뜨겁게 피어오를 수 있는 유일한 순간이라 믿는다.

먼 곳으로 흐르자.
그러다 문득 주변을 둘러보면
꿈꿔왔던 그곳에 도달해있기를.

일기

요즘은 일기를 쓴다. 초등학생 때 이후로 처음인 것 같다. 별 이유는 없다. 하루에도 몇 시간씩 핸드폰을 손에 쥐고 있는데 나의 하루를 정리하고 기록하는 데 10분도 투자를 못 할까 스스로 의문이 들어 시작하게 됐다. 그동안 일기 쓰는 것을 주저했던 건 내가 너무나 평범한 하루를 살고 있기 때문이기도 했다. 가끔 여행을 가긴 하지만, 여행하지 않을 땐 주로 집에만 있기에 나의 하루가 일기장에 기록할 만큼 가치 있다고 생각하지 않았던 거다. 그러나 지난 일기를 돌아보면 똑같은 하루는 없었다. 내가 사유하는 것도, 마음속에서 피어나는 생각까지도 매일 달랐다. 일기가 아니었으면 나는 매일 똑같이 흘러가는 하루라고 여겼을 거다.

사는 것이 뻔하다 느껴지고 더는 달라질 게 없다고 생각이 될 때 늦은 밤, 수첩을 펼쳐 오늘 하루를 적어볼 것. 아무런 말이라도 괜찮다. 예컨대, 텅 빈 여백을 바라보며 하루를 돌아보는 것만이라도 좋다.

그 시간이 쌓이면 무시할 수 없는 힘이 될 거다. 나아갈 줄만 알던 내가 돌아볼 줄 아는 사람이 되는 거니. 무심히 흘려보내던 순간과 감정의 언어를 기록하며 몰랐던 나 자신을 제대로 마주할 수 있기를.

바다

달빛에 비치는 바다도
흔들릴 때 더 아름답다.
찰랑거릴 때 더 빛난다.
그대도 눈부시다.

보통
사람

겉에서 부는 바람에 휩쓸리지 않는 것. '외유내강'처럼 속은 단단하지만 겉은 유화한 인간이 되고 싶다. 다정한 사람이면서 강인한 마음을 가졌다는 건 모두의 꿈이 아닐까. 관계에서 미움받을 일도 없을 거고, 웬만한 상처에는 끄떡도 없을 테니까. 그러나 보통 사람으로 살아가는 것이 썩 나쁘진 않다. 하루에도 몇 번씩 흔들리는 마음을 가졌고, 부는 바람에도 종종 휘청거리지만, 어설프게나마 중심을 잡아가며 조금씩 성장하는 내 모습이 왠지 모르게 대견해서. 뒤돌아서서 잘 버텨왔다고 나 자신을 쓰다듬어 줄 수 있을 때까진, 타오르는 것을 주저하지 않는 폭죽처럼 살아갈 생각이다. 그 언젠가 축제가 열리면 비로소 어른이 됐다는 증거겠지.

상처에
맞서야 하는 이유

사람은, 사람을 완전히 치유할 수 없다. 울음이 터져 나올
만큼 힘든 날, 누군가가 괜찮다며 등을 쓸어주었는데 여
전히 마음 한구석에 텅 빈 곳이 느껴지는 것. 그건 타인의
위로가 완벽하지 않아서가 아니라, 그 여백은 오롯이 나
의 몫이기 때문이다. 타인의 위로로는 채워지지 않는 자
가 치유의 공간.

상처를 두려워하지 않게 될 때, 완벽한 치유는 시작된다.
쉽지 않겠지만, 맞서는 게 두렵고 자주 머뭇거리겠지만,
불안함을 이겨내고 나를 아프게 만든 상처와 대면하는 순
간, 우리는 비로소 공백을 메울 수 있는 사람이 되는 것이
다. 앞으로 얼마나 많은 흠집이 생겨날까. 눈을 감고 미래
의 나를 상상한다. 예컨대, 틈새로 빛이 비치는 사람이었
으면 좋겠다. 벌어진 상처에서 희망이 자라는 사람. 부디
아름다운 흔적일 수 있기를.

나를
알아주는 사람

가끔은 사랑을 하고 싶다기보다
단순하게 정서적으로 내게 공감해주는 사람과
먼 길을 함께 걷고 싶다는 생각이 더 자주 든다.
그만큼 나를 알아주는 사람이 절실하다는 의미겠지.

침묵

예전에는 아무런 말도 없이
상대가 알아주기만을 기대했었다.
하지만 이내 참 바보 같은 일이라는 걸 깨달았고
묵히던 말들을 꺼내 조금씩 표현하기 시작했는데
내가 간과했던 사실이 있었다.

이 세상에는 내가 아무리 표현해도
알아주지 않는 사람들이 가득하단 것.
내 마음이 어떤지 드러내도,
무시하는 사람들이 존재했단 것.

말해도 알아주지 않는 건 내게 큰 상처가 되었고,
결국 전보다 묵히는 말이 많아지게 되었다.

기다림

우리는 기다림에 지칠 때
새로운 것에 눈독을 들이게 됩니다.
장거리 연애가 실패할 확률이 높은 것도,
식당 앞에서 2시간이나 걸리는 대기표를 받아들었을 때
기다리는 사람보다 돌아서는 사람이 더 많은 것도,
어쩌면 기다림이라는 건 단순히 시간을 흘려보내는
것이 아니라 나의 시간을 온전히 쏟아야 하는
힘든 일이라는 걸 의미하기 때문일지도 모릅니다.

그런데도 우리가 누군가를 기다리고,
흘러가는 시간 앞에서 인내하는 이유는
기다림의 끝엔 그래야 하는 가치가 있기 때문이 아닐까요.
기다려야만 만날 수 있고 가질 수 있는 것들이 소중하고,
흘러가는 시간에 속수무책으로 쓸려가지 않고
멈추어 서야만 하는 이유가 있기에,
저마다의 시간을 견디며 살아가는 것이죠.

무언가를 기다리기 전에는 반드시,
기다림을 이겨내야 하는 가치가 있는지
스스로 질문하는 시간을 거쳐야 한다.

기다림이란 단순히 시간을 흘려보내는 것이 아니라
나의 시간을 온전히 쏟아야 하는 힘든 일이니까.

최악을
걷고 있다면

당신이 최악의 순간을 걷고 있다면
그냥 지나쳐버리기를 바란다.
힘들다는 이유로 그 순간에 주저앉게 된다면
그곳에 영원히 남게 될 수도 있으니 그냥 지나가라.
삶에서 중요한 건 대체로 더 좋은 날을 원하는 것보다
안 좋은 순간에서 빠르게 벗어나는 것.
나를 괴롭게 만드는 장면에서 재빨리 도망치는 것이다.

밑바닥의
희망

사람이 완전히 무너지지는 않는다고 생각한다.
밑바닥까지 추락한 삶이어도,
다시 일어설 수 있는 희망이 반드시 존재한다고.

그래서 주변에서 의도치 않게 무너진 사람들을 볼 때면,
언제든 손을 내밀어줄 수 있게 나름의 준비를 한다.
하지만 내가 나서서 내밀진 않는다.

진정한 도약은 그들의 마음에서
먼저 시작된다고 믿기 때문이다.
그들이 툭툭 털고 일어날 준비를 마치면
그때가 바로 손을 내밀어도 되는 순간이 아닐까.

우리는 사람이라서 자주 걸려 넘어지고,
언제든 무너지게 될 수 있다.

다만, 기억하기를.

웅크렸던 몸을 펴고 땅을 딛고 일어서는 순간,

희망은 살아난다.

그 사실을 기억하자.

얼마든지 이겨낼 수 있다.

우선

"간절하게 바라는 것이 있다면
일단 흘러가는 이 시간부터 값지게 쓰는 것이 우선이야."

잊지 않아야
할 것

관계가 오래될수록 잊어서는 안 되는 것이 있지. 낯선 서로가 하나가 되고, 익숙함이란 감정이 둘 사이에 점차 자리 잡게 될 때쯤 단단히 일러줘야 할 것이 있지.

'함께한 시간이 많아졌다는 건
함께할 시간이 줄어들었다는 것.'

우리는 끊임없이 기억해야 한다. 한때 일상을 공유할 사람이 생겼다는 것만으로도 설레던 때가 있었다는 것, 소중함을 잊지 않겠다고 사랑을 시작하기 전 다짐했던 순간이 있었다는 것, 어질러진 마음을 정리하며 누군가를 반길 준비를 했었다는 것. 한때 열렬했던 마음이었다는 것. 그러니 우리에게는 나와 함께 낡아가는 사람을 더 소중하게 생각할 필요가 있다고. 펼쳐진 날들보다 남겨진 날들을 기억하면서. 언제가 마지막이 될지도 모르는 삶에서 후회를 남기지 않도록. 처음을 잊지 않고 소홀해지지 않도록 애써야 한다고.

미워할
필요 없다

미움은 더 큰 미움을 불러오고, 분노는 내 마음을 쥐어짜며 아프게 할 뿐, 상황을 해결해주지는 않더라. 누군가를 미워하는 일에 시간을 쏟는 것이 아니라 차라리 흘려보내려고 애쓸 것. 순간의 감정을 이기지 못하고 이성을 잃어버리지 않을 것. 나는 나를 괴롭게 하는 것들마저 사랑하려고 했구나. 굳이 엮이지 않아도 되는 불행을 내 안에 두지 말자. 모든 것을 감당할 필요는 없다.

좋았던
기억

좋았던 기억이 너무 강렬하면
몇 번쯤 나쁜 일이 생겨도 그냥 넘어가자 싶은 마음이 든다.
한 번 참으면 다시금 좋은 기억이 찾아올 것 같아서,
황홀했던 그때 순간을 다시 느낄 수 있을까 봐서.

하지만 추억으로 평생을 살아갈 수 없고,
과거의 다정함이 먼 미래에도 존재할 거란
사실을 보장할 순 없으니
과거는 접어두고 지금 내 행복을 우선 바라봐야 한다.

지금 좋은 기억이 곁에서 만들어지고 있는지,
곁에 있는 사람이 지금 따뜻하게 대해주는지.
한 번의 따뜻함으로는 평생의 온기가 되어주지 못하기에.
어쩌다 한 번 따뜻했던 사람,
그 곁에서 오래 머물러 있을 필요는 없다.

마음
표현

상처받고 살지 말라는 말보다 상처받아도 너는 소중하다
고 말해줄 걸 그랬다. 사랑받으면서 살아가라는 말보다
가장 사랑받아야 할 건 너 자신이라고 말해줄 걸 그랬다.
좋은 일이 생겼으면 좋겠다는 말보다 너와 나 사이에 끈
이 생겼으면 좋겠다고 솔직하게 마음 표현할 걸 그랬다.

나의
행복

내 안에 숨겨진 행복을 찾는 일.
타인에게 의지하는 행복이 아니라,
내가 나를 사랑하고 아끼면서
자연스레 행복을 만들어가는 것.
다른 누군가가 없어도 행복한 자신이 되는 것.

웃는

삶

자주 우는 삶이 아니었으면 좋겠다.
누군가를 위해 마음을 쏟았지만
오히려 상처를 받고 괴로워하던 네가
자주 웃었으면 좋겠다.
내가 아는 너는 그래야 마땅한 사람이다.
울 일이 전혀 없을 것 같은 사람,
마음이 다정해서 늘 누군가에게 힘이 되던 사람.
그래서 더 자주 울게 되는 걸까.
세상은 참 아이러니하다.

따뜻한 사람들은 평생 슬프지 않기를.
따뜻한 마음이 눅눅해지지 않기를.

당신에게
좋은 말

겉만 번지르르한 말보다
당신에게 맞는 말을 하는 편이 더 좋을 것 같다고 생각해요.

번지르르한 말은 누구나 쉽게 꾸며낼 수 있지만,
당신에게 잘 맞는 말을 한다는 건
그만큼 당신을 깊이 알고 있다는 의미일 테니까요.

당신에게 좋은 말을 건네고 싶다는 건,
'어쩌면 당신을 깊게 알아보고 싶어요.'라는
속뜻이 아닐까요.
좋은 말을 건네주고 싶어요.

알아가고 싶다는 뜻이에요.

금이 간
사람

대체로 난 금이 간 사람을 좋아한다.
벌어진 틈이 있다는 건
쓸쓸하지만 동시에 강인하다는 뜻일 것이다.

연약한 사람이었다면
온 힘 다해 제 몸을 깨뜨렸을지도 모르지.
그러니 틈이 존재하는 사람은
버텨낼 줄 아는 사람이라는 것.
그건 결코 흠이 아니다.

사소한 말의
중요성

사소한 말이 관계를 죽이고 살린다.
별거 아닌 말이 우릴 온종일 들뜨게 만들기도 하고,
아무렇지 않게 내뱉은 말이
관계의 끝을 알리는 신호탄이 되기도 한다.

어떤 말이든 깊이 생각하고 내뱉을 것.
아니, 단 한 번만이라도 부디 그럴 수 있길.

관계를 행복하게 만드는 건
다정하면서도 아주 보통의 말들 그런 것들뿐이다.
툭툭 내뱉는 말로 소중한 관계를 잃어버린 뒤
긴 시간 후회에 잠기지 않도록.

따뜻함을 전할 수 있을 때,
지금 내 곁의 인연에 좀 더 따뜻하기를.
이미 상처가 된 말은 치유되지 않고,
어긋난 인연은 도로 맞춰지지 않는다.

내가 가진 걸
미워하지 않을 것

남들은 아무렇지 않게 생각하는 것들이
나에게는 너무 예민한 것들로 다가올 때,
마음을 터놓을 수 없는 답답함보다는
나에 대한 원망이 컸었다.

'왜 이런 성격을 가져서 불편한 삶을 살아가는 걸까.' 라는
생각. 하지만 그런 생각이 계속될수록 닳는 건 내 마음이
었고, 있는 그대로의 나를 인정하는 것이 더 중요하단 걸
깨달았다.

간혹 같은 일로 힘들어질 땐,
남들보다 조금 더 섬세한 결을 가지고 있어서 그런 거라고,
그럴 수 있다고 스스로 다독이면서.

내가 가지고 있는 것을 최대한 둥글게
바라보는 것이 괜찮아지는 방법이었다.

떳떳한
삶

매사에 최선을 다하는 것은
완벽한 결과를 얻기 위해서가 아니라
지난날들을 뒤돌아볼 때
모든 것을 쏟지 못한 게 후회될까 봐,
스스로 떳떳해지고 싶어서.

지금 이 순간이 아니면
같은 순간은 또다시 찾아오지 않는다는 것을 알기 때문에,
가능한 한 내가 살아가는 모든 시간에
최선을 다하는 것이다.

완벽한 화해란
존재하지 않는다

예전의 나는 다소 감정적이었다.
누군가와 다투고 서먹한 상태일 때,
상대방이 먼저 침묵을 깨고 다가와 줘도
내 기분에 따라 타인을 대했다.

하지만 요즘은 내 기분이 그저 그렇다고 해도
먼저 다가가는 것이 얼마나 큰 용기인지 알기 때문에
웃음으로 받아칠 때가 많다.

세상에 완벽한 화해란 없다고 생각한다.
마음 한구석이 조금은 찝찝하고
완전하지 않을지라도
내가 완벽한 사람이 아닌 것처럼
모든 사람에게도 결핍이 존재하니까.

그냥 적당한 선에서 덮어두고 다시 웃으며 사는 거다.
감정을 내세우는 것보다 이해하는 게

사람을 오래 볼 수 있게 하는 힘이라는 것.

관계를 시작하게 된 것이 감정 때문이라고 해도,
관계를 유지하는 것은 이해라는 힘이라는 걸
잊으면 안 된다.

부디

허술한 내 마음을
많은 생각들이 잡아먹지 않았으면.
단단한 내 믿음이
얕은 견해들로 무너지지 않았으면.

그냥
살자

부담 없이 살아가기 위해서는 '잘'이라는 말을 뺄 줄 알아야 한다. 잘하자는 말보다 그냥 하자는 말, 잘살자는 말보다 그냥 살아가자는 말. '잘'이라는 한 글자만 빼내도 마음이 한결 편해진다. 하고 싶을 땐 그냥 하고, 이겨낼 땐 그냥 이겨내자.

낮은
목소리

어렸을 때 엄마가 해준 말이 있습니다.
혹여나 누군가와 언쟁을 벌인다면
낮은 목소리로 말하라는 것이었습니다.

그땐 그게 무슨 말인지 제대로 알지 못했는데
성인이 되어보니 알게 됐습니다.
그건 단순히 목소리의 높낮이를 말하는 게 아니었습니다.

격양된 목소리로 말한다는 건
감정이 앞서고 이성을 잃어버린 사람이 될 확률이
높다는 것이었고, 화가 차오를수록 차분해지려
애써야 한다는 의미였던 것이죠.

우리에게는 종종 분노를 다스리기에
버거운 순간이 찾아옵니다.
아무리 이성을 찾으려 해도 감정이 자꾸만 앞설 때.

만일 그때가 오면 그 순간에 머물지 말고
저 멀리 떠나기를 바랍니다.

순간을 이기지 못하고 화기를 토해내게 되면
상황은 더 나빠질 뿐이고,
마음도 절대 후련해지지 않는다는 것을
반드시 기억하기를 바랍니다.

생각의
차이

행복만을 원하는 사람이 되는 것보다
가끔 찾아오는 불행에도
휘청거리지 않는 사람이 되는 편이 낫다.

예컨대, 오늘 하루 행복만이
가득하기를 바라는 것이 아니라
불행한 일이 생기더라도
숨어있는 행복을 찾아낼 줄 아는 사람이 되는 것.

우리의 삶에서 필요한 건 이런 마음가짐이다.
느닷없이 찾아오는 시련 속에서도
꿋꿋이 살아갈 수 있게 해주는 힘.

만족감을 느끼는
삶을 살자

예전의 나는 뒤처지면 안 된다는 생각에
필사적으로 타인을 앞지르기 바빴다.
성취감이 전혀 없었던 것은 아니다.

경쟁에서 이겼다는 건 잘해냈다는 의미니까.
한때는 쓸모없는지도 모르는 우월감을 느끼며
누군갈 추월하기 바빴다.

그러다 언젠가부터 누군가를
반드시 앞설 필요는 없다고 생각하게 되었는데,
그건 계속되는 경쟁 속에서
성취감을 얻을 순 있었어도
'만족감'을 느끼진 못했다는 연유에서였다.

'누구를 위한 경쟁인가.'라는 말처럼
누군가를 추월하고 앞서는 과정이
행복보다는 불안을 더 많이 가져다주었고,

적어도 나를 위한 경쟁은
아니었다는 걸 알게 되었기 때문이다.

나는 전보다 여유 있는 삶을 산다.
추월이 아닌 동행을 배우고,
타인과의 경쟁이 아닌 나 자신과의 경쟁을 한다.
어제 팔굽혀펴기를 스무 번 했다면
오늘 한 번이라도 더 하겠다 다짐하면서,
어제보다 더 나은 내가 되어 사는 재미를 느끼고 있다.

필연적으로 이 세상에서 살아남기 위해선 경쟁을 멀리할 수 없겠지만, 꼭 누군가를 앞설 필요는 없다는 것을 기억하자. 뒤따라올 불안감에 오히려 마음이 불편하고, 불행한 삶을 살아갈 수도 있으니 때로는 나 자신을 이기는 게 더 큰 만족감을 얻을 수 있는 길인지도.

행복한
생각

길을 걷다 문득 나의 시간을
공유할 수 있는 사람이 있다는 생각에
지나가는 바람조차 행복하게 느껴진다면
그건 사랑이라는 뜻일지도 모른다.

버텨야 할 때를
스스로 아는 것

언제나 악착같이 버티는 것만이 정답은 아니다.
때론 내가 쥐고 있는 것을 과감히 놓아야만
더 가치 있는 순간을 거머쥘 수 있다.

아닌 것 같다는 느낌이 들 때,
스스로 의문이 생길 때.
그때가 다시 한번 뒤돌아봐야 하는 순간임을 기억해라.

근거 없는 희망에 기대어
의미 없는 끈기로 긴 시간 버티지 않고,
객관적인 시선으로 내 삶을
구석구석 살펴야 함을 잊지 말길.

우리가 소모해버린 시간은
그 누구도 보상해주지 않는다.

끝

끝이 좋았던 관계는 쉽게 잊히지만
끝이 안 좋았던 인연이 자꾸만 생각나는 건
아마도 그 끝을 기억하라는 의미일 거야.
다시는 반복하지 말라고,
그 끝을 기억하고 정신 차리라고.

온전한 당신을
사랑해주는 사람을 만나라

너무 조급해하지 마세요.
누군가를 만나기 위해, 허기진 마음을 달래기 위해
당신을 바꾸는 일은 하지 마세요.

언젠가는 당신을 알아줄 사람이
나타난다는 것을 기억하고
당신은 당신 그 자체로 사랑받기에
마땅한 사람이라는 걸 잊지 않기를 바랍니다.

당신을 버려가면서까지
무언가를 쟁취해야 할 필요는 없습니다.

좋은
다툼이란

우리는 살아가면서 수많은 다툼을 하게 됩니다.
다툼을 피하고 싶은 마음은 누구나 간절하지만
생각처럼 흘러가지 않습니다.

마음의 생김새는 조금씩 달라서
서로 부딪히는 과정에서 무던히 오해가 생기고
심하면 등을 돌리게 되니까요.

하지만 다툼도 다툼 나름이라는 것을 명심해야 합니다.
그저 서로를 헐뜯는 것이 아니라
앞으로 좋아질 얘기를 한다면
다툼 뒤에 오히려 더욱더 단단해질 수 있습니다.

너보다 내가 더 화났니,
네 잘못이 나보다 더 크니 하는
감정 다툼이 아니라

다툼의 원인을 찾고
이렇게 개선하자는 얘기를 나누는 것.
의미 없는 다툼은 서로의 마음만 상하게 하고,
그 시간이 쌓이면 끝끝내 썩어버립니다.

좋은 사람의 곁에서는
내가 찬란히 빛난다

모든 것을 쏟아야만 사랑해주는 사람이 있었고,
가끔은 조금 부족한 나를 채워주려고
노력해주는 사람도 있었습니다.
사랑하며 숱한 사람의 곁을 불안히 떠돌다 보니
이제는 어떤 사람이, 사랑에 근접한지 알게 됐습니다.

좋은 사람은 나의 빈틈을 빠짐없이
끌어안아줄 수 있는 사람입니다.
내가 가진 것이 없다고
사랑하기를 주저하는 사람이 아니라
나 자체를 원하는 그런 사람.

진정한 사랑의 의미란
진실한 눈으로 서로를 마주하는 것.
저 사람이라면 이번 사랑이
마지막이어도 괜찮을 것 같다는 믿음.

좋은 사람의 곁에서는
내가 찬란히 빛난다는 것을
잊지 마세요.

정류장

인생에서 정류장이라는 존재는
무언가를 기다리는 곳이기도 하고
어딘가에서 내리는 곳이기도 해요.
그러니 행복에서 멀어졌다고 슬퍼만 말고
슬픔이 찾아왔다고 무너지지 말아요.
어떤 행복이 그대를 찾아올지 모르고,
그대를 짓누르는 슬픔도 훌쩍 떠나갈지 몰라요.

별처럼
우리도

별들은 서로가 빛나는 것을 알지만, 서로를 부러워하지는 않아. 고유한 빛을 가졌기 때문이지. 어쩌면 우리는 별처럼 각자 조금씩 다르게 빛나는 존재인지도 몰라. 그러니 나와 달리 빛나는 것들을 질투할 필요 또한 없지. 나는 나대로 찬란한 빛을 가진 사람일 테니.

홀로서기

수많은 간섭이 숨 쉬고 있는 이 세상에서
가장 필요한 것은 개의치 않는 힘입니다.
버텨내라는 말이 아닙니다.
한 귀로 듣고, 한 귀로 흘리라는 것이죠.

내가 가는 길 위에서는 다른 누군가가
나의 걸음을 멈추게 해서는 안 되고,
동시에 내가 움직여져서도 안 됩니다.

타인의 말들이 처음엔 도움이 될지 몰라도
한두 번 의존하다 보면 길 위에서
나를 잃게 되는 건 한순간이기 때문입니다.

고로 생각하는 습관을 길러야 합니다.
여정이 길어지고 간혹 길을 잘못 들어도
더 오래 건강히 나아가기 위해서는

반드시 타인의 간섭으로부터
독립할 줄 알아야 합니다.

홀로서기를 성공하게 될 때
비로소 온전한 내가 될 수 있습니다.

마음이 쉴 수 있는
시간을 줄 것

저는 매일매일 일어났던 일들을 기록하는 편입니다.
그래서 지난 기록들을 자주 들춰보곤 하는데,
깊이 상처받았던 날로부터
고작 열흘밖에 되지 않았는데도
말끔히 괜찮아졌다는 사실을 알게 됐습니다.

기록에서는 그 당시 너무 힘들어서
모든 것을 내려놓고 싶었다는데,
힘들었던 것마저 잊어버린 거죠.
상처를 쉽게 잊는 편이 아닌데도
열흘 만에 괜찮아졌습니다.

우리는 종종 아픈 순간을 마주하게 됩니다.
당장 모든 것을 그만두고 싶은 정도의
상처를 느끼기도 하고,
좋지 않은 생각까지 떠올리곤 합니다.

앞으로는 그럴 때가 오면
딱 열흘 정도만 마음이 쉴 수 있게
시간을 주는 것이 어떨까요?

그럼 스쳐 지나가는 바람처럼
어느새 상처가 지나가 버릴지도 모릅니다.
상처의 시간은 생각보다 길지 않으니까요.

벚꽃

많은 사람이 들뜬 주말. 그 흔한 봄 벚꽃 하나 보러 갈 여유도 없이 답답하게 짜인 삶의 간격을 걷고 있는 그대야말로 작은 소망이 피어날 작고 예쁜 나무다. 그대의 고생이 끝나는 어느 날, 그 나무 앞에 서성이는 사람 보면 꽃잎 하나 흘려주길. 그 사람이 바로 그대를 묵묵히 기다리는 그대의 예쁜 미래일지도 모른다.

상처의 흔적은
사라지지 않는다

사람 마음은 다시 되감을 수 없다. 타인의 마음이라면 더더욱. 상처를 준 사람이 아무리 사과를 해도, 당사자는 아무렇지 않았던 과거로 다시 돌아갈 수 없다. 그저 상처가 박혔던 자리를 애써 덮어두고 웃는 것일 뿐. 사과했다는 이유로 잘못이 말끔히 지워진다고 생각하지 않기를. 아무리 벅벅 지워도 끈질기게 남아있는 것이 상처니까.

어떤 길에서도
배짱 있게 살자

누가 봐도 불안한 길을 걷고 있지만
실로 불안한 것은 가고 싶은 길 없이 헤매는 것.
길을 정했다는 것은 그 자체로
커다란 고비 하나를 넘은 것이고 행운이다.

연약한 마음에 믿음을 채우고,
한 걸음마다 허투루 내딛지 않고
천천히 나아가다 보면
불안은 걷히고 길이 서서히 보인다.

그게 맞는 길이라면 쭉 걸으면 되고,
아니라면 다른 길로 돌아가면 되는 거다.

본래 꿈을 꾸기 위해서는 배짱이 필요하다.
그건 한 치 앞도 안 보이는 길을 걷겠다는 다짐이 아니라
언제든 아쉬움 없이 내가 걸었던 길에
등 돌릴 수 있는 용기를 말한다.

막다른 길 앞에서 주저앉지 않고
다른 길 찾으면 된다는 마음을 먹는 것.
미련을 버릴 줄 알아야만
내게 맞는 길을 찾을 수가 있다.

단순한
결심

때로는 많은 생각보다
'그냥 해보자!'라는 작은 결심이
큰 결과를 만들어 냅니다.

오랜 기간 머릿속으로 구상만 하는 것이 아니라,
부족하지만 할 수 있는 만큼 하고 보는 것.

어쩌면 완벽한 다이빙을 하기 위해서
우리에게 필요한 건
어떻게 해야 좋은 각도로 입수할 수 있을지,
어떤 방법으로 뛰어내릴지 고민하는 일이 아니라
무작정 물에 뛰어들어 내 안의 두려움을
먼저 없애는 것일지도 모릅니다.

완벽한 상상보다는 미흡한 현실의 경험이
더욱더 값지다는 것을 기억해야 합니다.

대개 성장은 미흡한 것을 채워가면서 이뤄지는 법.
뛰어들지 않으면 내게 무엇이 부족한지
끝까지 모르는 것입니다.

좋은 사람은
대화를 만든다

대화를 피하지 않고 오히려 만들 줄 아는 사람을 만나라. 마주 보고 앉아서 이런저런 이야기를 나누는 일이 습관이 된 사람. 마음에 걸리는 일이 있으면 이런 이유로 속상했었다고 진솔히 터놓는 사람. 관계 속에서 생기는 갈등을 해결할 줄 아는 사람은 대화를 피하지 않고 만들 줄 아는 사람이다. 관계 속에서의 침묵은 무성한 추측을 생산하고, 그건 곧장 오해로 변질될 뿐이니까. 곁에 있는 사람과 있을 때, 당신이 속마음을 곧잘 털어놓게 된다면 그건 좋은 사람을 만나고 있다는 증거다.

나를
채워주는 사랑

나의 빈 시간을 가만두지 않고 채워주는 사람이 좋다.
사랑은 기약 없는 약속처럼 말로만 하는 것이 아니라
눈길 한 번 더 주고, 말 한 번 더 걸어주는 관심 있는 행동
이 만드는 것이니까.

정성껏
말하는 것

예쁘게 말하는 것을 좋아한다.
순간이 다정해지는 것과는 별개로
듣는 사람의 기분이 좋아지니까.

조금 생각해서 말을 내뱉는 것만으로도
나도, 상대방도 행복해질 수 있으니까.
예쁜 말을 내뱉기 위해 애쓰는 것만큼
적은 노력으로 큰 행복을 만드는 일은 없는 것이다.

서운함

나보다 소중한 것이 더 많은 사람에게는 쉽게 서운해할
수도 없다. 서운함을 말해도 그 사람에게 이 관계는 그다
지 절실한 게 아니니까.

당신이
버겁다면

너무 많은 곳에 매달려있는 것 같이 느껴질 때가 있습니다.
부담해야 할 게 내 삶뿐만이 아닐 때,
나의 미래가 아닌 주변까지도 신경을 써야 할 때,
버거운 마음을 터놓고 말할 수도 없음에
조용히 모든 것을 놓아버리고만 싶을 때,

내가 매달려야 하는 줄도 여러 개인데,
내게로 매단 줄도 여러 개여서
내 삶이 자꾸만 추락하는 것처럼 느껴질 때.

저는 그런 순간이 오면 억지로
줄에 매달려있기보다는 밑바닥부터
다시금 올라오는 방법을 택합니다.

숨이 턱 끝까지 찼다면 멈춰 서야 하는 것처럼
마음을 다잡고 숨을 고르면서 다시 힘을 채워 넣는 것이죠.

줄을 놓아버린다고 해서 모든 게 무너지진 않습니다.
다만, 조금 더딘 길을 걷게 될 수는 있겠죠.

아픔은 서서히 불어납니다.
감당하지 못할 정도로 힘들 땐
재빨리 놓아버리고,

느리지만 확실하게
다시금 올라가는 것이
더 큰 아픔을 피할 수 있는
유일한 방법일지도 모릅니다.

사랑이
무너지지 않게

충동적으로 누군가를 마음에 담지 않기를. 눈 딱 감고 저지르면 시작될 수 있는 게 사랑이기는 하지만, 이별은 한순간에 이뤄지는 것이 아닐뿐더러 항상 둘의 일이기 때문이다. 뼈대가 없는 사랑은 금방 무너진다는 사실을 기억해라. 튼튼한 기초 공사가 되어 있는 사랑만이 거센 흔들림에도 자리를 지킨다. 무너지지 않는 사랑을 바란다면 사소한 것들부터 사랑하는 단계를 거칠 수 있기를. 충동적인 사랑은 쉽게 부서질 가능성이 크다.

말

내가 듣기 좋은 말을 해준 사람은
기억을 뒤적거리지 않아도
흐릿해지지 않고 생각이 나지만

조금 쓰지만 옳은 말을 해준 사람은
내가 인생 가장 밑바닥을 칠 때
불현듯 생각이 납니다.
후회와 함께.

웃어줄 수
있는 사람

힘든 삶을 사는 이들에게 웃어줄 수 있는
삶을 살아야겠다는 생각이 듭니다.

나도 언제든지 무너질 수 있고,
마음의 병에 걸려 아플 수 있으니.

내가 가장 행복한 삶을 살고 있을 때,
나의 웃음을 덜어주는 그런 삶.

타인을 위해 마음을 쓸 줄 아는 사람만이
타인을 통해 치유받을 수 있고
선의를 되돌려 받을 수 있으니.

행복할 때 주변을 신경 쓰지 않는 사람이 아니라
그럴 때일수록 행복을 나누는 사람이 되도록요.

불

야생에서 살아남는 방법 중 하나는 불을 피우는 것이다. 불은 그 자체로 체온 유지에 도움을 주면서, 동시에 무서운 동물들이 접근하지 못하게 나를 방어해준다. 간혹 인간관계에서도 나를 방어해야 하는 순간이 생긴다. 그럴 때마다 나는 어떻게 생존할 것인가 골똘히 고민했는데, 불을 피우듯 나의 상처를 드러내 보았더니 신기하게도 사람이 걸러졌다. 상처를 듣고 나니 생각했던 것처럼 빛나는 사람으로 보이지 않는 건지, 아니면 겁을 먹고 다가오지 못하는 건지 알 수는 없었지만, 효과는 있었다. 지금 생각해보니 불과 상처는 참 많이 닮아 있구나. 위험하면서도 꼭 필요한 것. 없어서는 안 되는 것.

결심

스스로 발을 헛디뎌 떨어지는 일이 있더라도
전혀 후회하지 않을 일을 할 수 있기를.

남들이 보는 시선을 두려워하지 않고
남들의 입에 오르내리는 것에 개의치 않으며

넌 안 될 거라는 소리에 무너지지 않게
난 될 거라는 행동을 보여줄 수 있도록.

별거 아닌 것이
아닌 전부인 일

좋아하는 바다에 가서 내가 할 수 있는 것이라고는 손과 발을 적시고 몸을 담그는 것. 누군가 보기엔 별거 아닌 것 같겠지만, 가끔은 그게 전부인 사랑도 있다. 마음에 손을 담가놓고 어쩔 줄 모르는, 사랑 뒤편에 숨어 조용히 설레 하는 사랑이.

애매한
차이

그 누구의 문제도 아니고, 그 누가 해결할 수 있는 것도 아 닌 아주 애매한 차이를 극복하지 못하고 멀어진 사람들이 많을 것 같다는 생각이 든다. 시간이 해결해주지도 않으며 노력으로 바뀌는 것도 아닌 일들. 운명은 이토록 잔인하다. 대체론 낭만적이지만, 어떻게 해도 멀어질 수밖에 없는 사 람이 있다는 사실이 슬프다. 그런 사람을 사랑하는 일 또한.

당신의 삶을
애써 설명하지 않아도 된다

당신의 삶을 응원해주지 않는 사람들에게
굳이 자신을 설명해가며 살아갈 필요는 없습니다.
그렇게 해서 좋은 기운을 얻기보다
스트레스를 받는 경우가 더 많기 때문입니다.
그냥 묵묵히 걸어 나가면 돼요.
나를 좋아하는 사람만 곁에 남긴 채로.

인연이라는 것

아무리 내밀어도 닿지 않는 인연은 마침내 닿게 되어도 달아나게 됩니다. 굳이 내밀지 않아도 알아서 닿아지는 게 인연인 법. 아무리 손을 내밀어도 닿지 않는 사람 때문에 애쓰며 마음 아파하는 것보다 내게 맞는 인연을 기다리는 게 더 큰 행복이 될 수 있다는 것.

내가
빛나는 것

찬란한 배경을 바라는 것보다
그 어떤 배경에서도 빛날 수 있도록
나 스스로가 선명한 사람이 되어야지.
주변을 지나치게 신경 쓰지 않고
내가 빛을 품어 주위가 빛날 수 있게.

아픔도
도움 될 때가 있다

지금 생각해보면 내가 살아온 삶에는 나를 싫어하는 사람도 많았고, 그다지 괜찮았던 삶은 아니었다. 좋은 사람만 곁에 있을 수 없다는 건 진즉에 알고 있었던 사실이었지만, 그런데도 꽤 괴로운 순간이 잦았고 나를 아프게 한 사람 또한 많았다. 하지만 그 덕분에 알게 된 게 있다. 정말 좋은 날이란 어떤 날인지. 단순히 기분이 좋은 날인지, 무언가를 깊이 깨닫게 되는 날인지. 나를 위해주는 괜찮은 사람이 누구인지 알 방법을. 진정으로 아파본 사람만이 아픔을 구별할 수 있는 법이다.

이별
이유

납득가지 않았던 너의 이별 이유.
생각해보니 너무 단순해.

"신경 쓸 게 너무 많아서."
그중에 나는 없던 거지.

기다리는

삶

우리의 인생은 마치 긴 호흡의 책.
그 속에는 수많은 좌절도 있고 숱한 환희도 있다.
매일 어둠을 걷어가며,
밝음에 대한 갈증을 느끼며 살아가는 우리.

잠시 지나가는 소낙비가
무지개를 몰고 온다는 것을 잊지 말자.
아무리 어두운 날들을 겪어도,
기다릴 수만 있다면
반드시 웃을 수 있는 순간이 온다.

행복은
미루지 말자

먼 미래 말고 지금 행복했으면 좋겠다.
걱정하는 일 없이, 마음에 걸리는 것 하나 없이,
평범한 하루라면 참 행복하겠다.
살아갈수록 우리가 바라는 것들이
크고 반짝이는 것이 아님을 알게 된다.
작고 소소한 행복의 연속이
우리를 내일로 이끌어간다는 것.
적어도 내일은 행복해야겠다.

새로운 것을
너무 욕심내면 안 되는 이유

첫째, 내가 가지지 못한 것들은
늘 찬란하게 보이는 법입니다.

둘째, 새로운 것들은
언제나 눈길 줄 곳이 많으며
하나둘 비교하다 보면
내가 가진 것들이 초라하게 느껴집니다.

우리는 살아가면서 시선을
올바르게 두는 법을 깨우쳐야 합니다.

내가 가지지 못한 것들이 아니라
내가 가지고 있는 것에 시선을 두는 것.
때 묻은 것을 사랑하는 것.
내 손 안에서 낡아가는 모든 것들을
온몸으로 껴안는 것.

내 안에서도 충분히 빛나는 것들이
있음을 명심해야 합니다.

삶이 무겁게
느껴질 때면

삶이 갑자기 무겁게 느껴지는 순간이 있어요.
누가 짓누르고 있는 것처럼 걸음이 무거워지고
도저히 힘을 낼 수 없는 순간.

신기하게도 이럴 땐 힘을 빼는 것이
괜찮아지는 방법이 되기도 해요.

힘든 순간을 억지로 견디고 이겨내려고
힘을 잔뜩 주면 오히려 더 무거워지고 힘들어지니까요.

그러니 극복하려고 애써도 마음처럼 되지 않을 땐
힘을 빼고 가만히 기다리기로 해요.

그럼 허우적대던 당신이 가만히 떠오를지도 모릅니다.
충분히 힘든 당신을 더 괴롭게 하지 않기를.

엄마

엄마!
나는 부쩍 웃음기가 사라지는데
엄마는 요즘 특히 많이 웃어요.
지나고 나면 다 행복한 건가요.
지금이 원래 힘든 시기인 거겠죠.
엄마의 20대도 이렇게 힘들었고
사랑 때문에 슬퍼했고
미래 걱정에 잠 못 잤겠죠.
알 것도 같아요, 이제는.
언젠가는 나도 찬밥을 먹으며
엄마의 마음을 구경할 수 있겠죠.
아직도 허기진 그 마음을요.

간격

누군가를 떠나보내고
다시 누군가를 만나려 할 때는
최소한의 간격이 있어야 한다.

그건 곧 여유라고도 할 수 있는데,
마음이 회복되는 시간이 있어야만
비로소 다른 사람을 받아들일 수 있는
공간이 만들어지기 때문이다.

외로움에 다른 사람을 급히 만나게 되면
탈이 나기 쉬운 것 또한 간격을 지키지 못해서,
마음에 누군가를 들일 공간이
존재하지 않았기에 도로 뱉어낸 것이다.

이별 후에는 완전히 비워지기까지
가만히 기다릴 줄 알아야 한다.

만약 그 시간을 버티지 못하고 사랑을 해낸다면,
그건 한때 사랑했던 사람에 대한 예의도 저버리는 것이고,
앞으로 사랑할 사람에게도 예의가 아니다.

그대도
아름답다

때로는 상처받은 마음이 더 아름답다.
많은 상처를 겪었음에도
또다시 마음을 내어줄 수 있는 것.
그건 그대가 근사하단 증거고,
그대의 마음이 시들지 않았다는 의미다.

그대는 모른다.
자신의 흠집에서 빛이 난다는 것을.
자신의 흠집이 한여름 밤 순수한 웃음을 닮았다는 것을.

더는 상처받을 것이 두려워 웅크리지 마라.
상처가 있어서 그대는 아름답고,
그대가 있어서 상처가 빛이 난다.

순간

지금, 이 순간을 살아요.
기회가 왔을 때 잡지 못하면
황홀한 꿈을 꾸다 깬 직후처럼,
금세 잊히고 사라지는 것이
많은 세상이니까요.

좋은 사람의
곁이 따스한 이유

우리는 사람을 알아갈 때,
혹은 사람과 대화를 나눌 때,
상대에 따라 말투와 분위기가 조금씩 달라진다.

좋은 사람과의 대화에서는
평소에 들리지 않는 것들도 빈번히 들리고,
온갖 다정한 말들이 생각나며,
함께 있는 공간에서는 공기마저 따뜻하게 흐른다.

오는 말에 따라 가는 말이 달라진다는 말.
언젠가 '이리 황홀한 말을 생각해낼 수 있다니!'
스스로 감탄했던 적이 있었는데
그때 내 옆에 있던 사람이
'황홀'이라는 단어와 닮은 사람이었던 것을 보면
그 말이 딱 맞는 말인 것 같다.

곁에 있는 사람이 누군가에 따라
모든 순간이 다정해지기도,
한순간에 불행해지기도 하니까.

공허를
달래는 방법

수많은 것들에 치여 한적한 여유를 느끼고 싶다가도,
정작 여유 속에 살면 조용한 외로움이 찾아온다.
사람 때문에 적당히 소란해지는 일은
공허를 달랠 수 있는 괜찮은 방법이니,
어쩌면 끊임없이 누군가를 마음에 두고
살아가는 것도 좋을 것 같다.
누군가를 오랜 시간 잊지 않는 것도.

마음의
속도

좋아하는 마음을 표현할 때는
그 사람의 걸음걸이에 맞춰
속도를 조절할 줄도 알아야 하는데,
혼자만 빠르게 걸어놓고
느린 상대를 탓하는 사람이 많다.

사랑은 기다릴 줄 아는 사람만이
거머쥘 수 있는 행복이다.
마음의 속도가 같은 사랑은
그다지 많이 존재하지 않는다.
그건 흔하지 않은 운명일 테니까.

우리는 마음이 오는 속도를 견딜 수 있을 때
사랑할 자격이 생긴다는 사실만 알면 된다.

습관의
중요성

어설픈 습관을 들이면
나중에 그것을 고치느라 시간을 다 쓴다.
그건 삶을 살아가는 태도에도 해당한다.

다른 사람이 멋진 길을
걷고 있다고 해도 휘둘리지 않고,
나의 길에만 집중할 수 있게
마음을 꽉 잡아야 한다.

겉멋 가득한 사람보다
기본이 탄탄한 사람이
훗날 더 많은 것을 해낼 수 있는 것처럼.
조급해하지 않는 것이 우선이다.

구름처럼

당신의 삶을 흘러가는 구름처럼 대할 것.

모든 일에서 만족을 얻을 수는 없다.

영원히 머무는 순간도 없다.

모두 사라지고 스쳐 갈 뿐.

우린 그 잠시만 즐겁고 아프면 된다.

흔들리는
삶

이제는 알 것 같다.
더 많이 좋아하는 사람이 약자가 될 수밖에 없다는 것.
조금이라도 아쉬운 사람은 항상 아쉬운 법이고,
생각보다 내가 좋은 사람이라도
내가 좋아하는 사람이 나를 좋아해 주지 않으면
결국 나 자신은 만족스러울 수 없다는 것.
항상 알면서도 당하는 게 인생이라는 것.

지나고 나서 보면 늘 한순간처럼 느껴지지만
막상 스칠 때는 하염없이 흔들리는 삶이라고.

영화

당신의 삶에서 상영하는 악몽도 비처럼 그치기를.
가끔은 생각지도 못했던 것이
당신의 어여쁜 웃음을 만들고,
괴로울 법한 일들은 살짝 당신을 비껴가기를.

최악이었던
사람은 그대로 둘 것

시간이 무서운 이유는 기억을 깎아내리기 때문이고,
기억이 무서운 이유는 시간이 지날수록 예쁘게
조각되기 때문이다.

이 세상에서 아름다운 끝은 없다.
서로에게서 멀어지는 일이 최선이었기에
지금 내 옆에 그 사람이 없고,
그 사람에겐 내가 없는 것일 뿐.

어떤 안타까운 사연이 있었다고 해도
그건 딱 그만큼의 애정을 가졌기 때문이라고.

그러니 깎여나간 기억을 보고
다시 한번 최악이었던 사람을
마음에 들이는 일은 하지 않기를 바란다.

그건 그대를 아프게 만들 가짜 기억이다.
헤어졌던 이유를 극복하지 못한 사랑은
아무리 애써도 결국 이별이 오는 법이다.

무례한
사람

떠올리기 싫은 기억들은
마음 깊숙한 서랍 속에 넣어두고 지내는데,
가끔 제멋대로 그 서랍을 열고
기억을 헤집는 사람이 있다.
다시 그 기억을 마주할
내가 괴로울 것은 신경 쓰지 않은 채.

마음이
높은 사랑

눈이 높은 사람보다는
마음이 높은 사람이 좋다.

떨어지는 별이 예쁘다는 사람보다는
별이 떨어지는 순간에 함께 할 수 있어서
감사하다는 사람, 그런 사랑이 좋다.

혹시라도

너는 알까. 좋은 풍경이 보이는 창 앞에 앉아 나란히 커피를 마시는 일이나 너의 얼굴을 그려준다는 핑계로 눈을 맞추는 나의 모든 행동은 사랑을 가리키고 있었는데. 뜨거운 여름날, 차를 끌고 바다를 보러 갔을 때, 햇빛에 데워질 조수석에 슬쩍 가방을 올려놓으려고 주차장까지 되돌아갔던 나의 행동. 바다에서 놀다가 돌아왔을 때 짧은 반바지를 입은 네가 뜨거워할까 봐 그랬던 것을 너는 알까. 몰라도 된다. 단지 나는 너를 우선으로 생각하는 것에 만족을 느끼고, 그 만족으로 너의 웃음을 살 수 있다는 것에 행복을 느낄 뿐이니까. 네가 영영 모른다고 해도 나는 네 웃음을 떠올리며 평생을 행복하게 살아갈 수 있다.

서로의
삶

나는 오늘도 덜 완전한 사람이고
당신은 오늘도 겨우 버텨냈어요.
그런 우리가 서로 기대면
최소한 쓰러지지는 않을 것 같은데
서로의 삶에 기대볼까요, 우리.
아주 잠시라도 좋으니.

마음
점검

지금 누군가를 사랑하는 것이
독이 되진 않는지 늘 경계해야 합니다.

당연히 받아야 할 사랑을 제대로 받고는 있는지,
상대방의 이해를 바라면서
자신에게 맞추길 원하는 사람인지 아닌지.

사랑을 하는 일이 혼자만 버겁다고 느껴질 때면,
사랑은 이미 기울어 추락할 준비를
끝마쳤을지도 모릅니다.
떠난 뒤에 뒤늦게 사랑했던 시간을 후회하기 전에,
미리미리 마음 점검을 해야 합니다.

관계의
공백

단순한 관계의 공백을
그만큼 오래 알았던 거라고 착각하는 사람들이 있다.
공백의 시간 동안 그다지 친밀하지도 않았고,
얼굴 한 번 보려는 노력도 하지 않았으면서 말이다.

공백은 공백일 뿐이다.
공백이 길다고 해도
그건 각자 살기 바빴을 뿐,
친밀해진 것이 아니다.

대화도 없고 만남도 없이
무언가 메워지진 않는다.
가까워지고 싶을수록
더욱더 노력해야 한다는 것을 명심하자.

신호등

횡단보도 앞에 서 있었는데 달이 참 예쁘길래
사진 찍어 보내주려고 초록 불을 두 번이나 보냈어요.

사랑도 이런 거겠죠.
세상은 건너가라 하는데
나는 가만히 멈춰 서게 되는 것처럼.

가장 예쁜 마음을 보여주려는 거죠.

나무

어차피 바람에 흔들릴 나무에
흔들리지 말 것을 바라지 마세요.
그 나무는 내가 아무리 빌고 원해도
결국 바람에 흔들릴 나무입니다.
기대하지 말고, 상처받지 마세요.
그대만 단단하면 됩니다.

화가

갈기갈기 찢어진 사랑을 애써 이어 붙이려 했다.
혹여나 그 사랑이 다시 그림이 된다고 해도
그림을 선물한 화가는 더는 내 곁에 없는데.
의미 없는 그림을 끌어안고
우는 것밖에는 할 수 있는 일이 없었다.

그때처럼

의미 없는 연락으로 유지하는 관계들을
아예 모르는 사이였던 때처럼
다시금 놓아버리기로 했다.

그 시간에 차라리 하루를 뜻깊게 보내기로.
오늘 내게 주어진 시간을
값지게 쓰는 것만으로도 벅차니까요.

그런 사람이
좋다

보이는 부분에 머무르는 사람보다는
보이지 않는 상처마저도 지나치지 않는 사람.
그런 사람에게 더 마음이 가게 된다.

내 상처를 늘어놓더라도
겁먹고 도망가는 사람이 아니라
나를 걱정하며 걸어와 안아줄 그런 사람.
서서히 내 마음에 스며드는 사람.

의미부여

사람에 대한 의미부여를 중단하게 된 계기는
여러 사람을 잃으면서
그 사람에게 주었던 의미들을 잊어야 했을 때.
그리고 그 의미들을 거리에서,
세상 속에서 마주하게 되었을 때.
그때의 잔혹함을 느끼고부터다.

감당할 수
있는 만큼만

인간관계는 감당할 수 있을 만큼만
맺고 사는 게 현명한 것일지도 모릅니다.
새로운 사람과 친해지는 것에만 열중이고,
정작 곁에 있는 사람에게 소홀하다면
그 인연들이 무슨 의미가 있을까요.

새롭고 빛나는 것들을 보면
자꾸 시선이 가고
가까워지고 싶은 마음도 이해하지만,
진심을 가지고 인연을 대하는 것.
그게 훨씬 더 중요합니다.

그저 인맥을 늘리듯 다가가지 않고,
내 사람이 된 것 같다고 소홀하게 대하지 않는 것.
인간관계에서 가장 중요한 것입니다.

관계는 감당할 수 있을 만큼만
맺고 사는 편이 좋은 것 같다.
많은 인연을 가진 사람보다
나와 가까운 사람들 모두에게
소홀한 사람이 되지 않는 것.
그게 더 멋진 일이니까.

고장 나는
삶

늘 반복되는 일상 속에서 나를 구원해줄 사람을 찾는 게 인생의 목표이며 내가 생각하는 사랑의 정의다. 오류 없는 컴퓨터로 진부하게 사는 것보다 가끔 바이러스도 생기고 그걸 고치고, 또 전원이 갑자기 꺼지기도 하는 컴퓨터로 사는 일이 더 좋다. 고장 나고 싶다.

의미 없는
일

좋은 차가 있어도 벼랑으로 몰고 간다면,
좋은 옷이 있어도 내 몸에 맞지 않는다면,
아무리 좋은 것들이 이 세상에 많다고 하더라도
내가 좋은 사람이 아니라면.

불꽃
축제

삶은 불꽃 같다.
삶은 꼭 불꽃이 터지기 전
숨 막히는 어둠 같아서 우리를 자주 불안하게 만든다.

터무니없는 꿈을 가졌을 수도 있다.
아직 세상을 모르기에 실패할 수도 있다.
하지만 우리는 성장을 하고 있다는
사실을 잊어서는 안 된다.

나는 내가 겪는 모든 과정을 사랑한다.
머뭇거리고 헤매던 길들을 사랑한다.
모든 걸음은 먼 훗날
나의 웃음으로 피어날 것이기 때문에.

오늘도 나의 불꽃과 그대의 꿈은
천천히 하늘로 쏘아져 올라가고 있다.

어느새 우리가 우리가 된 것처럼
하루하루를 소중히 쓴다면
금방 원하는 곳에 도달할 수 있을 거다.
너무 걱정하지 말자.

텅 빈
마음

가끔은 지하철에서 텅 빈 자리를 보고도 달려가 앉지 않는다. 곧 내려야 해서 그런 것이 아니고, 누군가 앉을 사람이 있어서도 아닌데 내가 그러는 이유는 어쩌면 텅 빈 마음이라고 아무나 환영하지 않는 것과 같을지도 모른다. 누군가가 나를 원하고, 누군가와 사랑하다가도 완전히 혼자가 되고 싶을 때가 있는 것처럼 살다 보면 한 시간을 서서 가도 좋을 때가 있는 것이다.

작은
온도

멀어지는 계절과
다가오는 계절 사이에서는
아주 작은 온도에도 민감해진다.

그래서일까. 멀어지는 사람과
다가오는 사람, 그 사이에 있는
내가 작은 마음에도 흔들리는 게.

놓아야 할 때
잘 놓는 사람이 되자

미련 없이 놓는 연습을 해야 합니다.
맺고 끊음이 확실하지 않으면 애매한 사람이 되는 거예요.
어떤 짓을 해도 내 곁을 떠나가는 사람이 있는 반면에
밀어내고 외면해도 내 곁에 남아있는 사람이 있습니다.
관계는 우리가 어찌지 못하는 영역일지도 모릅니다.
잡아야 할 때와 놓아야 할 때만 존재하는 것.

그러니 그 순간이 오면 절대로 주저해선 안 됩니다.
지난 시간을 돌아본다면 무엇을 선택해야 할지는
자연스럽게 알게 될 테니까요.

항상

마음을 끌어내는 것에 이제 지쳤다.
누가 나를 좀 끌어줬으면 하고 원하는데
마음에 이 말들을 품고 살 뿐, 드러내지 않는다.
대화는 당연히 필요하겠지만
그래도 많은 대화 없이 사랑하고 싶다.
그만큼 나를 잘 알아주는 것에
휘청거리고 큰 기대를 하는,
나를 알아주기만을 바라는 바보가 된 것 같다.

할 수
있다

할 수 없다고, 부족하다고 생각해 멈춰 서는 것은 실제로 나의 역량이 모자라서가 아니라, 그만큼 물렁물렁한 마음을 가지고 있기 때문일지도 모른다. 충분히 더 많은 것을 해낼 수 있고, 이겨낼 수 있음에도 불구하고 지레짐작으로 겁먹고 포기하는 것이다. 단단한 마음을 품고 싶다면 같은 순간을 맞닥뜨렸을 때 주저하지 않고 뛰어들어보기를 권한다. 절실한 마음과 함께라면 생각지도 못했던 힘이 생기고 물렁물렁한 마음도 조금은 단단해질 것이다. 강인한 태도로 살아가는 법. 그건 주저하지 않을 때 비로소 깨우칠 수 있다.

앞으로는 힘들어하지 않기를
힘들어도 자책하지는 말기를
흔들려도 쓰러지지는 않기를
스스로 소중하다고 하기를.

마음가짐의 차이

누군가는 오늘이 특별한 날이겠지만,
또 누군가는 오늘을 특별히 쓰지 못한다.
모두가 같이 살아가는 '하루'라는 선물을
누군가는 우울하다는 이유로 포장한 그대로 두고
누군가는 포장을 풀어 마음껏 쓰고 다닌다.
그 사람의 하루가 특별한 이유는 따로 있는 게 아니다.
단지 마음가짐의 차이일 뿐.

나의 하루를
궁금해하는 사람이 있다는 것

나의 하루를 궁금해하는 사람이 곁에 있다는 건 생각보다 더 기분 좋은 일이다. 내가 겪었던 시시콜콜한 일들, 오늘은 상사가 밉지 않았는지, 점심은 무얼 먹었는지, 한가했는지 아니면 바빴는지. 이런 사소한 일들을 하나하나 얘기하는 것만으로도 잔뜩 얽혀있던 우리의 삶이 조금은 풀어지기 때문이다. 전에는 누가 나에게 하루에 있었던 일을 전부 털어놓을 때면 조금은 귀찮게 느꼈던 적도 있었다. 하지만 이제는 안다. 누군가의 이야기가 들려오는 삶은 행복한 삶이라는 것을. 들어줄 수 있고, 공감해줄 수 있다는 건 그 사람에게 내가 좋은 사람이라는 뜻이고, 그만큼 따뜻한 곁이 되어주었다는 의미라고. 그러니 앞으로도 잘 들어주고, 털어놓기 위해 나의 주변을 잘 살피고 사랑해줘야겠다고 다짐했다.

신뢰는
천천히

신뢰라는 건 결코 한순간에 쌓이는 것이 아닙니다.
누군가에게 내 마음을 전부 꺼내 보여주더라도
신뢰할 것을 강요하지는 못하는 것처럼,
신뢰는 솔직함과 애정의 크기와는 별개로
얼굴을 마주하는 시간이 많아야 하고,
자주 부딪혀야 할 것이며,
그 과정에서 변치 않는 마음을 보여야 합니다.

시간 자체가 신뢰의 한 부분이고,
신뢰의 대부분이 시간을 통해
만들어진다는 것을 잊으면 안 됩니다.

간혹 오래 알았던 사람이 아닌데도
믿음에 확신이 서는 사람이
나타나는 때도 있지만
그건 아주 희박한 확률이고,
일반적으로는 시간과 함께

천천히 쌓인 신뢰가 두텁고
듬직하다는 사실을 기억해야 합니다.

누군가를 믿기 위해서도
시간이 필요한 것처럼
사람과 사람 사이에는
기다림이 반드시 존재해야 합니다.

성급해서는 마음만 다치기 쉽습니다.

소중하니까

안다고 무시하지 말고
모른다고 좌절하지 말고
사랑한다고 자만하지 말고
넘어졌다고 자책하지 말고
네가 소중하지 않다는 생각은
더더욱 꺼내두지 말고.

나의
바람

그 어떤 바람이 그대의 등을 떠밀어도
절대 멈추지 않았으면.
밀리지 않고 스스로 나아가 언젠가는
바람을 타고 날았으면.

서서히
아주 조금씩

체중 감량을 위해 밀가루를 잠시 끊었던 적이 있다. 처음 며칠은 괜찮았다. 왠지 모르게 속도 편안한 것 같고, 밤에 잠도 잘 드는 것 같아서 좋아하다가 정확히 일주일쯤 될 때, 극도의 스트레스와 함께 밀가루를 그리워했던 기억이 있다.

실제로 식단관리의 첫걸음은 조금씩 줄여나가는 것이라고 한다. 치킨을 일주일에 두 번 먹던 사람이었다면, 한 번으로 줄이는 것이 아니라 한 조각씩 덜 먹어보는 것부터 시작하는 것처럼 크게 영향이 가지 않는 선에서 점차 줄여가는 거다.

살면서 우리는 끊어내야 할 것들과 자주 마주하게 된다. 그건 습관일 수도 있고, 관계일 수도 있으며, 나를 괴롭게 만드는 사랑일 수도 있다. 하지만 끊어내야 한다는 것을 알면서도 마음이 아직 여전해서 실패했던 적이 있었을 텐데, 결단코 그건 당신의 잘못이 아니라고 말해주고 싶다. 우리는 절대 한순간에 이별할 수 없는 존재이기 때문이다.

그러니 서서히 멀어지는 방법을 택하는 건 어떨까. 하루 아침에 멀어지기보다는 결핍된 삶에 조금씩 익숙해지는 것, 결핍으로 인해 부족해진 부분을 더 멋진 내가 되어 채운다고 생각하는 것. 급하게 멀어지려고 하면 오히려 역효과가 날 수 있다는 걸 명심해야 한다.

지나친 기대로
나를 힘들게 하지 말자

당신이 쉽게 만족할 수 없는 사람이라면
그건 지나치게 기대치를 높게 잡고 있기 때문입니다.

나는 더 잘할 수 있고 실패하지 않을 거라고
스스로 다짐하는 것은 큰 힘이 되기도 하지만
때로는 그 기대치에 눌려 아프게 되기도 합니다.

요즘 들어 나를 칭찬하는 시간보다
자책하는 시간이 많아졌다면,
앞으로는 조금의 성과라도 놓치지 않고
자신에게 칭찬하는 시간을 들여보세요.

작은 성취감이 모이고 모이면,
나를 향한 칭찬이 쌓이게 되면,
낮아진 자존감이 회복되고
그 어떤 것도 해낼 수 있다는
자신감이 생길지도 모릅니다.

의문이
없는 관계

관계에서 중요한 것 중 하나는 상대방이 궁금해하기 전에
말해주는 것이다. 많은 사람이 장거리 연애에서 실패하는
이유는 둘 사이에 의문이 가득하기 때문이다. 내가 먼저
묻지 않아도 무엇을 하고 있는지 먼저 말해주기를 원하는
데, 귀찮다는 이유로 말해주지 않거나 굳이 말해주지 않
아도 되겠다 싶어서 상대방에게 실망을 안겨주는 것이다.

사랑하는 사람과 멀리 떨어져 있거나
마음의 거리가 멀어진 것만 같을 때,
나의 일상을 묻기 전에 먼저 말해주는 것.

궁금해하기 전에 먼저 연락하는 행동을 한다면
믿음이 쌓이고 관계는 자연스레 튼튼해진다.

의문이 가득한 관계는
금방 침몰하고 무너지기 쉽다는 것을
우리는 항상 기억해야 한다.

상처를
걸러내는 법

지나치게 많은 상처를 받는 사람의 특징은 누군가가 상처를 주면 모두 다 받아들인다는 것이다. 상처를 걸러낼 줄도 알아야 하고, 가끔은 무시할 줄도 알아야 하는데 그 방법을 몰라서다. 단단한 사람이 되기 위해서는 첫째로 마음을 강하게 가져야 한다. 누군가가 내게 모진 말을 해도 그 말에 휘둘리지 않고 타격을 받지 않는 것. 그러기 위해서는 먼저 나를 제대로 아는 것이 중요하다.

많은 사람이 타인에게 상처를 받는 이유는 타인이 말하는 것이라면 진실한 거라 믿는 경우가 많기 때문이다. 스스로 못난 사람이 아니라고 생각하는데도 누군가가 나보고 못났다고 말하면 정말 내가 못난 것 같고, 그게 맞는 거라 생각하는 거다. 상처받지 않기 위해서는 나를 알아가는 공부가 필요하다. 우선적으로 내 생각을 믿고, 타인이 하는 말이라면 무조건 믿고 보는 마음을 내 안에서 버려야 한다. 그래야만 우리는 타인이 주는 상처로부터 자유로워질 수 있다.

잠자기 전에
생각 줄이기

많은 사람이 불안해하는 시간은 바로 잠자리에 누워있을 때다. 하루를 마치고 잠에 빠져들어야 하는데, 생각이 꼬리를 물고 걱정을 만들다가 결국 불편한 마음으로 잠드는 것이다. 잠자기 전 생각을 줄이는 것만으로도 우린 더 편한 내일을 맞이할 수 있다. 내일은 어떤 일이 생길까 고민하며 내일의 일을 오늘로 끌어와 걱정을 만들지 말고, 수고한 오늘의 나를 편히 쉴 수 있게 해주는 것. 그것만으로도 불안은 줄어들 것이다.

급행열차

어느 날, 막 들어온 지하철을 타기 위해
열심히 뛰었던 적이 있습니다.
약속 시각까지 시간이 촉박했기에
반드시 타야만 했죠.

열심히 뛰었지만 끝내 문이 닫히고
저는 결국 타지 못했습니다.

순간 짜증이 확 밀려왔습니다.
내가 진작 빨리 뛰어왔었다면
탈 수 있을지도 몰랐다는 생각이 들었기 때문이죠.

어쩔 수 없이 다음 열차를 기다려서 타게 됐는데,
타고 보니 아까 지나간 열차는 일반 열차였고
지금 타게 된 열차는 급행열차라는 것을 알게 되었습니다.

아까 지나간 열차보다

더 빨리 목적지에 도착할 수 있는
열차인지도 모르고
나 자신을 탓하고 우울해하기 바빴던 겁니다.

우리의 삶에는 이처럼
뜻하지 않은 순간이 많이 찾아옵니다.
기회를 놓쳤다고 자책하다가도
더 좋은 기회를 발견하기도 하고

더디게 성장하는 나 자신이 밉다가도
차근차근 기초를 쌓아 올린 덕을 보기도 합니다.

우리에게는 자신을 자책하지 않는 습관이 필요합니다.
열차가 조금 늦는다고 해서, 기회를 놓쳤다고 해서
모든 게 끝난 것처럼 포기하고 좌절하는 것이 아니라
지나간 건 잊고 다음에 찾아올 열차를 타는 것.

아무리 좋은 기회가 다가오더라도
내가 등을 돌리고 있거나
좌절하고 있으면 잡지 못한다는 것을
절대로 잊어서는 안 됩니다.

쓸 데 있는
생각의 중요성

요즘 들어 새롭게 시작하는 것이 두려워졌다면,
스스로 해낼 수 있을까 의문이 자주 든다면
그건 생각이 너무 많아서일지도 모릅니다.

많은 생각이 늘 도움이 되지는 않습니다.
우리는 쓸 데 있는 생각과
쓸데없는 생각이 무엇인지 구별해야 합니다.

좋은 생각이라는 건 내게 격려가 되는 말입니다.
예를 들어 '잘 해낼 수 있을 거야.'
'조금 실수해도 무언갈 느낀다면 좋은 실수일 거야.'
'후회 없이 최선을 다하자.' 같이 내게 힘이 되는 생각들
무언가에 도전하기에 앞서 마음을 차분히 가라앉혀주고
자신감을 북돋아 줄 수 있는 생각이 좋은 생각입니다.

나쁜 생각은 내가 주저하게 만드는 말입니다.
'완벽하지 못할 텐데 그냥 하지 말까?'

'내가 감히 어떻게 해낼 수 있겠어.'
'나는 결국 실패하고 말 거야.' 같이
생각만으로도 마음이 불안해지고
스스로 위축되는 생각이 나쁜 생각입니다.

우리의 마음은 그렇게 크지 않아서
좋은 생각만 담고 있어도 모자란 경우가 많습니다.
하지만 그 마음에 자꾸만 나쁜 생각을 채우게 되면
좋은 생각은 나쁜 생각에 휩싸여 사라지기도 하고,
결국 내 마음에는 나쁜 생각만 남아
괴롭게 될 확률이 크다는 거죠.

쓸 데 있는 생각을 자주 하면
무언가를 시작하기 전에
스스로 해낼 수 있다는
믿음이 생기게 된다는 것을 기억해야 합니다.

나쁜 생각과 좋은 생각이
무엇인지 잘 구별하고,
마음에 좋은 생각을 많이 채워 넣을수록
더 단단한 당신이 될 수 있습니다.

진심

진심을 다했다면 그것으로 후회는 없고
진심을 다했어도 아닌 것에는 미련 둘 필요도 없다.

껄끄러운 건
피하며 살자

껄끄러운 관계는 피하는 게 좋습니다.
그 사람에게 딱히 감정이 있는 것이 아니라고 하더라도
주변 사람들의 시선은 소문을 만들어 내고
과장되어 결국 내게 독이 될 가능성이 큽니다.

예컨대 연인이 있는 친구와 만날 때,
친구와 내가 괜찮다고 될 게 아니라
친구의 연인도 괜찮은지 물어볼 줄 알아야 합니다.

조금이라도 껄끄러운 부분이 있다면
그로 인해 언제든 내가 걸려 넘어질 수 있다는 것.
언제든 명심하고, 조심해야 합니다.

솔직한
관계

인간관계에서 벅차다는 느낌이 들 때면,
관계는 행복한데 내가 힘이 들 때면,
당신이 관계 속에서
솔직하지 못해서 그럴 가능성이 큽니다.

있는 그대로의 모습으로 관계를 유지하는 것이 아니라
내 모습을 바꿔가면서까지 관계에 헌신하고,
노력이라는 이름으로 포장하면서
누군가에게 맞추려고만 하는 것이라서 그렇습니다.

당신에게는 당신 나름의 매력이 있습니다.
당신이 편한 상태로 있을 때
행복한 관계가 정말 행복한 관계입니다.

사람에
미련할 필요 없다

사람에 너무 미련을 두지 마세요.
잡으려고 발버둥 쳐도 떠날 사람은 떠나고
보내려고 미친 듯 밀어내도 남을 사람은 남습니다.

우리는 그저 내 곁에 머물러주는 사람에게
소중함을 전해주기만 하면 됩니다.

흠을
미워하지 말 것

나 자신에게 부족한 부분이 있다고 해서
나를 깎아내리려고 하지는 마세요.

이 세상 그 누구도 완벽한 사람은 없습니다.
누구나 부족한 부분이 있고,
스스로 자책하기도 합니다.

흠이 있다는 건
사랑으로 덮힐 부분이 있다는 의미고,
더 괜찮아질 수 있는 기회가 있다는 뜻입니다.

부족한 것이 무엇인지 알아야
비로소 발전할 수도 있고,
더 나은 내가 되어갈 이유가 되는 것입니다.

내게 있는 흠을 안 좋게 생각할 필요 없습니다.

온전한
꽃

흔들리면 흔들리는 꽃이 되면 된다.
자신을 잃지 않고
온전한 내가 되면 된다.

일방적이지
않은 관계

세상을 살다 보니
내가 아무리 마음을
더하고 곱하고 나눠도
상대의 마음의 크기가 0이면
내 마음이 아무리 크다고 해도
아무 소용없다는 것을 깨달았다.

한 사람과 한 사람이 만나
어떤 관계를 만들려면
반드시 작은 마음이라도
주고받아야만 하는 것이었다.

우리가
행복한 길

나보다 '우리'라는 건 항상 더 소중한 법입니다.
나만 잘되고 즐거운 것은 금방 끝나기 마련이지만,
'우리'가 잘되고 행복한 것은
더 오래 좋아질 수 있는 길이거든요.

사랑할 때도 적용되는 말이기도 합니다.
서로를 아껴주면서 사랑하는 사람과 나,
둘이 행복하도록 노력하다 보면
오래도록 행복하게 지낼 수 있습니다.

행복

행복이란 게 별거 없다.
어딘가로 향하는 버스에 앉아
창밖도 보다가 잠도 자다가
일어나서 플레이리스트에 있는
가장 좋아하는 노래 한 곡을 듣는 것.
그것만으로도 하루가 즐거워진다.

우리를 웃음 짓게 만들고
살아가는 힘을 주는 행복은
이처럼 소소한 행복이다.
지나치게 큰 행복을 바라면서
내가 느낄 수 있는 작은 행복들을 놓치지 말자.

우리

나를 위해 감히 '우리'가 될 것을
두려워하지 않는 사람이 좋다.

말로는 좋아한다고 하면서
정작 나를 사랑하려고 하지는 않는
사람 마음을 가지고 저울질하는
몇몇 사람이 아니라,

나를 향한 마음이 정말로 진실한 마음이라는 것을
행동으로 보여주고 확신을 주는 사람이 좋다.

불필요한
걱정

일어나지도 않은 일에 걸려 넘어지지 마세요.
적당한 걱정은 내 삶에 도움이 되지만,
걱정이 지나치게 되면
내가 느끼지 못했을 상처까지도
굳이 끌어와 아파하는 것과 다를 것이 없으니까요.
불필요한 시간을 불안으로 보낼 필요 없어요.

안개꽃

당신은 선택받지 못한 안개꽃.
당신이 좋아하는 사람이
좋아하는 꽃은 장미꽃.

그렇지만 남들에게도
예쁘지 않을 거란 법은 없는,
당신은 어쩌면 안개꽃 같은 사람.
충분히 다른 사랑 받을 자격 있는 사람.

울음

얼마나 행복해지고 싶냐는 말에
"내가 아팠던 만큼이요."라고 답했다.
그렇게 행복한 일은 아마 없겠지.
마음속으로 헛웃음이 나올 정도였으니.

길

"네가 가는 길이 막다른 길이 아니라 맞는 길이기를."

헤어져야 할 때
잘 헤어지는 것

사랑이 끝난 뒤 후회와 미련이 자꾸 남는다면,
지난 사랑을 잊지 못하고 마음에 담아두게 된다면
어쩌면 그건 제대로 사랑하지 못해서,
쉽게 헤어져서 생긴 일일 가능성이 큽니다.
헤어지고 나서 후회와 미련이 없으려면
먼저 모든 것을 쏟아부어 사랑하고 노력해야 합니다.

그런데도 사랑이 안 좋은 방향으로 흐르고
상대방이 나처럼 노력하지 않는다면
그때 헤어지면 됩니다.
그때가 바로 후회 없이
헤어질 수 있는 순간입니다.

사랑이 끝난 뒤에 오는 후회는
'노력했으면 달라질 수 있었을 텐데.'라는 생각처럼
부족한 나 자신을 생각하며 만들어진 것이 대부분입니다.

할 수 있는 것을 모두 했는데도
관계가 행복하지 않아서 헤어질 때는
어쩔 수 없음을 인정하고 잊게 됩니다.

모든 노력을 쏟은 관계는
그 관계를 위한 마음을 다 써버렸기에
후회 또한 생기지 않는 겁니다.

지나갈 거야

삶이란 건 쌓일수록 더 어려워지는 것 같다. 단순히 어른이 되면 괜찮아질 줄 알았는데, 신경 써야 할 건 하나둘씩 드러나고, 처음 겪는 것들은 여전히 낯설고 내게 맞지 않은 옷을 입은 것처럼 어색한 인간이 되어버린 것 같다. 관계에 힘들어하고, 반복된 실패에 무너지고, 목적지를 몰라서 길을 잃지도 못한 채 무기력하게 버텨낸 오늘의 나.

내일은 감당할 수 있을 정도로만 힘든 일이 왔으면 좋겠다. 어떻게 살아갈지도 모른 채, 무작정 뛰어들어야 하는 내일의 나에게. 말뿐인 위로라도, 잘 견뎌내자고 무너지지 말자고 누군가 말해줬으면 좋겠다. 모든 건 지나갈 테니, 아주 잠시만 흔들리면 된다고. 그렇게 말해준다면 그 말에 기대 힘을 낼 수 있을 것 같다.

"모든 건 지나갈 거야. 잘 견뎌내자. 무너지지 말자."

힘든 사람에게
필요한 것

마음에 병이 났는데 자꾸 머리로 고치려 했다. 답안지를 불러주듯 위로하는 사람들에게 지쳤다. 내게는 왜 힘든지 궁금해하고, 마음에서부터 함께 걸어줄 사람이 필요했다. 우울을 견디게 하는 건 따뜻한 물음, 고생했다 툭 던지는 말, 토닥이는 손길이 전부니까.

어쩌면 힘든 사람들은 처방을 원하는 게 아닐지도 모른다. 충분히 힘든 사람에게, 힘들어할 힘으로 더 악착같이 살라는 말은 당장 모든 걸 내려놓아도 이상하지 않을 무책임하고 잔인한 말인지도 모른다. 마음에 병이 났을 때는 마음으로 치유해야 한다. 공식처럼 사람을 위로해서는 낫지 않는다. 고생했다고, 수고했다고 말해주며 마음에서부터 차근히 함께 걸어줘야 한다.

"고생했어요. 수고했어요."

당신을
보면

가끔은 힘들어하는 당신을 볼 때면, 당신이 가진 우울을 내가 감당하고 싶다. 상처를 견디며 애쓰고 있는 당신을 안아주고, 사랑이라 말해주고 싶다. 그러기 위해서는 곁에 머무르는 것부터 시작해야겠지. 힘이 되어주기도 전에 숨어버리지 않게, 행복한 척 웃으며 남몰래 우는 당신이 도망가지 않게. 멀지 않은 곳에서 바라봐주는 것. 당신의 우울을 조금이라도 덜어낼 수 있다면 한참을 기다리고 싶다.

그대도
결국

조금 처져도 돼요. 무너져도 되고, 주저앉아도 돼요. 가끔
은 쓰러질 때도 있고, 망설일 때도 있겠죠. 그러나 괜찮아
요. 삶이란 건 본래 흔들리는 날이 더 많은 것. 가끔 찾아
오는 행복에 우울함이 씻겨나가는 것. 그대를 포기하지 않
는다면 그대에게도 웃는 날 올 거예요. 그대도 결국 돼요.

속삭임

네가 잠든 시간 동안
너에게로 가서 꿈이 되고 싶다.
이루지 못할 줄로만 알았던
네가 상상만 해왔던 사랑을
나만 해줄 수 있다고
잠자는 너에게 속삭이려고.

말하지 않아도
괜찮다

드러나지 않는 슬픔을 품고 있는 그대여.
말하지 않아도 괜찮다.
힘든 일을 굳이 입 밖으로 꺼내어
다시금 우울을 상기시키지 않아도 된다.

다만, 그대의 곁에 그대를 생각하는 사람이 있다는 것.
그 사실 하나만 기억해주면 좋겠다.
그대의 진실한 모습도 사랑해줄 사람이 있다는 것.

더는 가짜 웃음으로 연명하지 않아도 되고
행복한 척, 아무렇지 않은 척 일관할 필요 없다.
그대를 따뜻한 온기로 바라봐줄 사람이 있다.

약간의
틈

갈라진 틈이 있다는 건 괜찮아질 수 있다는 거예요.
그건 거대한 벽처럼 다가갈 수 없는 게 아니라,
틈새로 어떻게든 위로가 스며들 수 있다는 의미니까요.
혼자서 이겨내기 힘든 순간이 있다는 것 알아요.
많은 걸 해야 할 필요 없어요.
아주 약간의 틈만 내어줄 수 있다면,
그대의 상처도 누군가 어루만져줄 수 있을 거예요.
내미는 손을 마다하지 말아요.
모든 것을 외면하고 스스로 작아지지 말아요.
그대의 어깨를 감싸줄게요.
아주 약간의 틈만 있으면 돼요.

준 상처는
반드시 되돌아온다

살다 보니 느끼게 된 것이 있다. 타인에게 준 상처는 언젠가 반드시 후회와 함께 되돌아온다는 것. 뒤늦게 수습하려고 해도 상처를 받은 사람의 마음은 크게 멍들었고, 결국 나 자신도 피폐해진다는 것. 그러니 충동적으로 살지 말자. 성급하게 말을 내뱉지 말고, 어림잡아 판단하지 말고, 매 순간 나의 행동이 누군가에게 상처가 되진 않을까 조심하며 살자.

망설이지
않을 것

잡고 싶은 사람이 있다면 얼른 붙잡아두고, 보고 싶은 사람이 있다면 볼 수 있을 때 달려갈 줄 알아야 한다. 하고 싶은 말이 있다면 늦지 않게 전하고, 가고 싶은 곳이 있을 땐 미루지 않고 훌쩍 떠나는 것. 우리의 삶은 너무 금방 흐른다. 망설이는 사이 멀찍이 도망가고, 결국 놓치는 것이 많아진다. 도망가기 전에 잡고, 말할 수 있을 때 말하자. 망설이면 놓친다. 사람도, 사랑도, 후회하지 않아도 되는 유일한 순간도.

나를 불행하게
만드는 비교

비교는 불행을 몰고 온다. 우리는 살아가면서 가지지 못한 것들에 대한 욕심을 버릴 줄 알아야 한다. 타인의 행복, 타인의 삶, 내가 가지지 못한 것들을 몇 쯤 아무렇게나 버릴 수 있을 정도로 보유하고 있는 누군가의 여유까지. 부러움은 끝이 없고, 그 시간이 길어지면 내가 가진 것들이 보잘것없이 느껴진다. 우리가 기억해야 할 건 세상에 나보다 잘난 사람이 무수히 많아도 내가 가치 없는 사람인 건 아니라는 사실. 나의 가치는 그 누구도 정의할 수 없고 오직 나만이 정할 수 있다는 사실이다.

자, 그대는 어떤 가치를 가진 사람이 될 것인가. 물질적인 것 따위에 휘둘리며 타인이 가진 것들을 탐내고, 내가 가진 것들은 외면하는 사람이 될 것인가 아니면 내게 주어진 것들만으로도 웃음 지을 수 있고 만족하며 더 멋지게 살기 위해 노력하는 사람이 될 것인가. 부디 진정한 행복을 깨닫기를 바란다. 좋아 보이는 것들이 아닌 당신에게 맞는 것들을 찾기 시작한다면 연속된 행복이 가득할 테니까.

천천히
비워낼 것

별것도 아닌 일에 마음이 크게 아프거나
갈피를 못 잡고 이리저리 헤매게 된다면
그건 마음의 여유가 없기 때문입니다.

그럴 땐 나의 마음에 번호표가 필요합니다.
처리해야 할 감정이 많거나
힘든 일이 한꺼번에 몰려와 버겁다는 것이니,
나의 마음에서 가장 우선으로 내보내야 할 것과
그렇지 않은 것들을 천천히 정리하면 됩니다.

모든 것을 한 번에 처리하려고 애쓰지 마세요.

너를
응원한다

한 사람이라도 내 삶을 바라봐주는 사람이 있다면
그 어떤 어려운 시기도 이겨낼 수 있다.
단 한 번이라도 내 등을 토닥여줄 사람이 있다면
그 어떤 절망도 딛고 일어날 수 있다.

하늘 쳐다볼 여유도 없이 바쁘게 살다가
매일 불편하게 잠든다는 너에게
그런 사람이 되어주고 싶다.

근사한 위로가 되어줄 자신은 없지만
꾸준한 마음이 되어주고 싶다.

어제는 뒤척였다고 해도
오늘은 푹 잘 수 있을 정도로
너의 하루의 끝에서
따뜻한 마음을 보여주고 싶다.

삶이
무기력할 때

어떤 것을 해도 삶이 무기력한 것은
그저 이리저리 끌려다니듯 살기 때문입니다.

내가 하고 싶은 일을 하는 것이 아니라,
억지로 하기 싫은 일을 해야만 할 때.

단 한 순간도 성취감을 느끼지 못하니
우울해지고 좌절하는 것이죠.

무기력한 삶에서 조금이나마 벗어날 수 있는
방법 중 하나는 아주 작은 성취감이라도 좋으니
일상 속에서 작은 목표를 품고 살아가는 것입니다.

잠에서 깨어나면 무조건 기지개를 켜기,
하루 세 번 양치하기,
자기 전, 한 줄이라도 좋으니 일기 쓰기 등등

단 한 순간이라도 내가 원하는 일을 하고,
계획한 것을 지키게 된다면
작은 성취감이 쌓여
조금이나마 뿌듯한 하루가 되는 것입니다.

관계가
어려운 이유

인간관계가 어렵게 느껴지는 건
나 상처받지 말자고 한 말이
오히려 다른 사람에게 상처를 줄 수 있고
나는 진심으로 대해줘도
정작 가식으로 돌아오는 것들이 많으니
위험을 부담하면서까지
관계를 유지하는 게 힘들기 때문이 아닐까.

용기가
필요한 일

누군가를 좋아한다는 것은 앞도 보이지 않는 컴컴한 길에서 작은 손전등 하나 가지고 걷는 것과 다를 것 없는 일이다. 때론 무모하기도 하고 막막하게 느껴지는 일. 다만 그 어둠을 헤치고 나아갈 용기를 품게 될 때 진정한 사랑을 마주할 수 있다. 그동안의 두려움이 전부 잊힐 정도로 황홀한 사랑을 말이다.

이유

사랑은 늘 이유를 달고 살아.
이 사람을 좋아하게 된 이유,
이 사람이 괜찮은 이유,
사랑에 빠질 수밖에 없었던 이유.
그런데 이별은 그 반대야.
이별은 늘 의문을 달고 사라져.

왜 나를 떠나가려 했을까,
우리가 언제부터 잘못되었던 걸까, 하는
풀 수도 없고 어디에 물을 수도 없는
공허한 물음들이 이별을 더 아프게 하는 거지.

좋은
인연이란

분명 누군가를 자주 만나는데
만남 뒤에 항상 공허하고 허무하다면
그건 어쩌면 당신에게 맞는
인연이 아니라는 뜻일지도 모릅니다.

정말로 좋은 인연은
잠깐이 아니라
꾸준한 마음을 주는 사람입니다.

그런 사람 곁에서는 만남 뒤에도 외롭지 않고,
멀리 떨어져 있어도 행복할 수 있습니다.

조용한 위로가
주는 따뜻함

예전에는 누군가가 나를 좋아한다고 하면 내가 무엇을 좋아하는지 알고 있는 사람이 좋았는데, 요즘은 힘든 건 없는지 물어봐주고 곁에서 묵묵히 힘이 되어주는 사람에게 더 마음이 간다. 내가 좋아하는 행동은 조금만 노력하면 누구든 쉽게 알아차릴 수 있지만, 힘든 것을 알아주는 사람은 흔치 않기 때문이다. 관계 속에서 잡음이 생길 때마다 올바르게 조율할 줄 아는 사람. 갈등을 피하지 않고 해결할 줄 아는 사람. 그런 사람이 정말 좋은 사람이라는 것을 알게 된 거다.

이별을
결정하는 것

이별을 고민하는 순간에 헤어짐을 결정하게 되는 것은
이 사람과 헤어질까 말까가 아니라
내가 앞으로 사랑받을 수 있을까 없을까다.
나를 향한 연인의 행동에 사랑이 묻어있지 않다면
조만간 반드시 상처받게 될 것이니까.

모든 건
이어져 있다

지나치는 것들을 그저 흘려보내면 안 된다.
어딘가로 달려가고 있는 기차가
만약 우리의 인생이라면
목적지에 도착할 때까지
무엇을 보며 왔다고 말할 것인가.
지나치는 모든 것들이 모여서
우리의 끝이 만들어지는 것.
지나치는 순간들을 기억할 줄 알아야만
조금 더 뚜렷한 내가 될 수 있다.

좋은 것만
보고 살아요

세상에 좋은 사람은 많지만, 아닌 사람은 더 많다.
간혹 나를 아프게 하는 사람을 만나 힘든 일을 겪어도
절대로 자신이 소중한 사람이라는 걸 잊지 않기를.
나쁜 사람에게 잠시 물들여졌다고 해도
나쁜 것을 그리워하지 말고 좋은 것만 보기를.
좋은 것에 시선을 두고 살아갈수록
당신에게 좋은 일이 많이 다가올 테니까.

생각의
전환

사람들이 떠나가는 것을
한때는 지나치게 두려워했다.
그렇지만 참 고마운 일이 아닐 수 없다.
자연스레 걸러지는 것이다.
남을 사람과 떠날 사람.

불필요한 연락처를 지워도
사는 일엔 전혀 지장이 없는 것처럼
한 사람이 나를 떠나갈 때마다
구태여 아파할 필요가 없다는 말이다.

내 곁에 남은 사람에게
좋은 마음을 되돌려주는 것만으로도
벅차고 시간도 부족하니까.

빛이 나는
사람

함께 있을 때 빛이 나는 사람을 만나야 한다.
내가 빛이 나야만 만나주는 사람이 아니라,
서로의 약점을 품어줄 수 있고
서로에게 반창고 같은 존재가 되어줄 수 있는 사람.

내가 품고 있는지도 몰랐던 빛을 찾아서
사랑해줄 수 있는 사람.
그런 사람의 곁에서는 몰랐던 나를 알게 되고,
사랑을 넘어서는 큰 울림을 느끼게 된다.

그런
밤

떠난 널 어찌 탓하고
또 난 널 어찌 잊을까.
위태로운 밤이다.

삶을
조종하는 이

살아가면서 종종 깨닫는 것이 있다.
남들이 하는 말에 이리저리 흔들리며 사는 것보다
내 마음 가는 대로 살면서 후회를 남기는 편이
차라리 더 남는 장사인 것 같다고.

가끔은 주위 사람의 말이 도움이 되지만
나의 상황을 누구보다 깊이 알고 있는 사람은
바로 나 자신이라는 것을 잊으면 안 된다.

남들의 말을 빌려 내 삶을 조종하는 것,
그것보다는 내가 내 삶을 움직일 줄 알아야 한다.

이별을
피해갈 수 있는 길

사랑은 빠르게 오고, 떨림은 잠시일 뿐이다. 누군가의 신선함이 익숙함이 되고 그 익숙함을 소중함으로 바꿀 수 있을 때, 비로소 이별을 피해갈 수 있는 길이 생긴다. 누군가를 오래 곁에 두고 싶다면 '익숙함'이라는 감정에서 '소중함'을 찾아낼 수 있어야 한다.

사랑이
있는 사랑

이해와 배려를 하고 있다고
사랑을 주고 있다고 착각하지 마라.
초가 환하게 빛을 낼 수 있는 것은
거센 바람이 없어서, 방해하는 것이 없어서가 아니라
결국 불을 붙여 주었기에 빛나는 것.
꺼져버린 사랑이 다시 활활 타오르기를 바란다면
말 그대로 사랑을 주면 된다.
당신이 사랑을 처음 대했을 때처럼.

나를 깎아내리려 하는
사람에게서 나를 지키자

당신을 싫어하는 사람들이
아무 이유 없이 그대를 미워해도,
당신을 좋아하는 나는
당신이 행복했으면 하는 이유로
그대를 응원할 거예요.

당신을 싫어하는 사람들의 말에 휘둘리지 않게,
휘둘려도 바로잡아줄 수 있게.

세상에는 아무 이유 없이 상대를 미워하는 사람들이 많고
그러한 일들이 빈번히 일어나는 것 같아 참 슬프지만
생각해보면 아무 이유 없이 내던지는 상처를
모두 다 받아들일 필요도 없어요.

이유도 모른 채 기분이 나빠질 수도 있겠지만
그런 사람들은 우리가 좋아지든 나빠지든
언제든 깎아내릴 사람들이니까.

나를 미워하는 사람이 하나둘씩 생기더라도
나를 이유 없이 좋아해 주는 사람을
곁에 남기게 되는 과정이라고 생각하기로 해요.

관계의
거품

누가 그랬다. 인간관계는 거품 같은 거라고.
쉽게 만들어지지만 그만큼 간단히 사라지고,
크게 부풀지만 속은 텅텅 비어 있어서.

기도

당신이 덜 초라했으면 좋겠다.
빛나는 마음을 보지 못한 채
겉만 훑어보고 떠나가는 사람이 없었으면 좋겠다.
뜻하지 않은 상처도 다 피해갔으면 좋겠다.
당신은 소중하니까.

잊는다는 것

무언가를 잊는 일에 가장 중요한 것은 시간이 아니라 그것에 대한 내 마음의 크기다. 치열하게 사랑했던 누군가와의 이별이 가슴이 미어질 정도로 아픈 이유도, 깊게 정을 줬는데 멀리 떠나보낸 강아지가 눈에 밟히게 되는 것도 그만큼 내 마음의 크기가 컸다는 뜻이다. 시간은 결코약이 될 수 없다. 내 마음의 크기가 얼마나 컸는지 알려주는 고통스러운 도구일 뿐.

발자국을
남기는 사람

지나가는 삶에 많은 발자국을 남기는 것. 그것만큼 중요한 일도 없을 것이다. 좋은 발자국과 나쁜 발자국이 따로 있는 게 아닌 것처럼 모든 흔적은 우리에게 소중하니까. 매일 조금이라도 흔적을 남기며 살아야겠다. 빠르게 변하고 희미해지는 이 세상에서 열심히 살아가고 있다고 증명하기 위해, 또 스스로 떳떳하기 위해. 먼 훗날, 뒤를 돌아 찍혀 있는 발자국을 보며 벅찬 감정을 느낄 수 있도록.

네

옆에서

나는 너를 위해 내내 떠 있을게.
어두운 밤이 무섭다면
외로운 너의 하늘에 별이 될게.
혼자 아픔을 느낄 때,
침묵 속에 내버려 두지 않을게.
감정이 예민한 너를 위해
좋은 감정으로 가득할게.
앞서거나 뒤처지지 않고
평생 걸음 맞춰줄게.

* 거꾸로도 읽어보세요.

피로한
외로움

문득 외로움에도 피로가 있었으면 좋겠다고 생각했다.
실컷 외롭다 보면, 쓸쓸하다 보면 피로가 쌓이고 쌓여
외로움을 멈출 수 있을까 싶어서.

침묵마저
사랑스러운 관계

사랑하면서 침묵이 스며드는 일은 굉장히 중요하다. 연애의 초창기가 소란스러운 감정 놀이라면, 서로에게 서로가 조금 더 익숙해질 때는 둘 사이에 말하지 않아도 알아차릴 수 있는 기류 같은 것이 생긴다. 나는 그게 침묵이라고 생각한다. 건강한 사랑은 침묵이 불편하지 않을 것이고, 그렇지 않은 사랑은 침묵이 불편하게 느껴질 것이다. 그러니 누군가와의 고요가 애매하고 싱겁게 느껴진다면 다시 한번 서로를 알아가는 시간을 가지는 게 어떨까. 서로에게 서로가 불편하지 않도록. 침묵마저 사랑스러울 수 있도록. 그로 인해 둘의 사랑이 조용히 예쁠 수 있도록.

소화

실수를 먹어도 먹어도
소화만 잘하면 된다.
실수에도 영양은 있다.
그건 경험이다.

멈춰도
된다

잠시 멈춘다고 해서 아무도 당신을 탓하지 않아요. 열심히 나아가다 제자리에 멈춰 서면, 시간을 거스르고 있는 것 같이 불안하고 초조한 마음이 드는 것을 알지만 당신의 시간은 온전히 당신의 시간이고, 멈추고 싶은 마음이 들었다면 멈춰 있는 시간 또한 당신의 삶에 필요하다는 뜻이겠죠. 요즘 무슨 생각을 자주 하는지, 그만두고 싶다고 생각하진 않는지. 깊은 것까지는 알 수 없지만 당신을 깊이 응원하고 있고, 당신에게는 충분히 이겨낼 힘이 있다는 사실. 꼭 기억했으면 좋겠어요. 멈춰 있다고 해서 삶이 망가지진 않아요. 언제까지나 달려가기만 하는 삶은 없고, 멈춰야 할 땐 잘 멈출 줄도 알아야 해요.

환절기가
오면

환절기만 되면 몸도 한 번씩 아프고, 관계를 자주 돌아보게 된다. 이건 어쩌면 한 계절마다 일정한 주기로 내 삶을 점검하라는 의미일지도 모른다. 내게 맞지 않는 인연이 있는지, 관계 속에서 웃음 짓고 사는지, 다음 계절까지도 함께하고 싶은 사람이 있는지. 새로운 계절이 오기 전에 나 자신에게 물어봐야 하는 거다. 환절기만 되면 궁금해진다. 이번에는 어떤 일들이 있을까. 무엇이 나를 행복하게 만들고, 어떤 인연이 탄생할까. 한 계절을 잘 살아내고 싶다. 행복하게 보낸 계절이 쌓이면 내 삶도 아름답게 물들 테니까.

우리는
멋진 존재

마음대로 되지 않는 하루라고 해도 희망을 놓지는 말자. 맘껏 울 수도, 웃을 수도 없는 내가 아닌 나로 살아가는 기분이 얼마나 무기력한지 잘 알지만, 우리에겐 밤낮이 있고 우울 뒤에는 행복이 있다는 걸 기억하자. 세상의 아침을 열고 집 밖을 나서는 네가 얼마나 대견한지 모른다. 지친 몸을 이끌고 어디론가 나아가는 네가 얼마나 멋진지 모른다. 오늘 하루도 어김없이 지칠 테지만 이것만 기억하자. 밤은 언제나 찾아온다는 것. 마음만 먹으면 얼마든 웃을 수 있다는 것. 우리는 생각보다 멋진 존재라는 것!

인생의
숙제

살아가면서 가장 외로울 때는 나와 잘 맞는 친구가 한 명도 없을 때다. 좋아하는 곳에 함께 갈 사람이 없다는 것. 지친 퇴근길, 집 앞 편의점에서 맥주 한 캔 먹자고 편하게 불러낼 사람이 없다는 것. 오늘의 울분을 토해내고 누군가 들어주는 것만으로도 피로가 씻겨나가기 마련인데, 마음 맞는 친구가 없으면 내 안에 때 묵은 감정만 수북이 쌓이는 것이다. 어쩌면 당신의 곁에 당신을 떠나지 않을 '확실한 친구'가 있다면 그건 인생의 숙제를 마친 것이라 할수 있겠다. 친구란 삶이 깊어질수록 더욱 절실해지고 존재만으로도 위로가 되니까. 지금은 소중함이 크게 느껴지지 않을지라도 살다 보면 점점 알게 될 것이다. 먼 훗날 마음 맞는 친구 한 명이 없어 고독한 인간이 되지 않도록 지금부터라도 천천히 숙제해나가자. 나 또한 누군가에게 그런 친구가 될 수 있게, 내 곁에 그들이 머물 수 있게.

속상한
관계

속상한 마음에 섭섭함을 털어놓았는데
이해는커녕 오히려 나를 이상하게 생각할 때
문득 관계를 계속 이어나가야 하는지 의문이 생긴다.
나의 속상함에 하나하나 반박하는 사람은
절대로 내 마음을 알아주지 않을 거고
결국 내게는 썩어버릴 관계만 남을 테니까.

내가 정하는
가치의 소중함

내 것이 아닌 화려한 것들을 보며 내가 가진 것들을 하찮게 생각하지 않기. 우리는 세상이 정해준 가치에 휩쓸려가는 것이 아니라 스스로 가치를 매길 수 있는 사람이 되려고 노력해야 한다. 나보다 인맥이 훨씬 넓은 사람이 있더라도 내 곁을 확실히 지켜줄 수 있는 친구 몇 명이 내게는 더 가치가 있고, 비싼 명품 신발보다 연인이 사준 컨버스화가 내게는 더 소중할 수 있는 것처럼. 내게 가치 있는 행복이 무엇인지, 내게 맞는 행복이 무엇인지 생각하는 습관을 들이는 것.

삶은
한 끗 차이

그저 그런 삶으로 남는 것.
무엇인가 가슴에 느끼고 가는 것.
모두 마음먹기에 따라 달라지는 일.

하고 싶은 일이 있다면
기꺼이 전부를 쏟고,
언제나 두려운 처음을 깨고
어떤 흔적이든 남기려는 것.

그게 중요한 일이 아닐까.

견고한
관계

위기 없는 관계는 없다. 바람에 흔들리지 않는 꽃이 없듯이. 연약한 서로에게 의지하며 마음에 꽃을 피우는 관계에도 바람에 흔들리는 순간이 존재한다. 위기가 찾아왔다고 해서 모두 이별인 것은 아니다. 선선한 바람에도 재해가 일어난 듯 요동치는 사람이 있는 반면에 모든 걸 앗아갈 정도의 태풍에도 관계를 지켜내는 사람이 있으니까. 우리에게 중요한 건 결국 믿음과 마음가짐이다. 이 세상에 완벽한 관계라는 건 없을지라도 견고한 관계는 있을 수 있다. 어떤 위기가 찾아와도 무너지지 않는 관계. 우리는 어쩌면 바람 불지 않는 관계가 찾아오기를 바라는 것보다 어떤 바람에도 흔들리지 않는 마음을 품으려 해야 하지 않을까. 운명을 바라는 사람보다 운명으로 나아갈 수 있는 사람이 되자.

그때
그 순간으로

문득 순간을 사고 싶다고 생각했다. 난생처음 아이스크림을 입에 넣었던 순간, 핸드폰이 생겨서 신난 마음에 괜히 전화를 걸던 순간, 누군가를 좋아하는 마음만으로 미칠 것 같던 순간. 그때로 돌아가 설레고 놀랍던 감정을 다시 한번 느껴보고 싶다. 살아가는 일이 점점 무덤덤해지는 것일 줄은 몰랐다. 남은 내 삶에도 미처 느껴보지 못한 벅찬 순간들이 숨어있기를. 그리고 그 순간을 오래 기억할 수 있기를.

기댈 줄도
아는 사람

한때는 마음을 터놓을 사람이 없다는 게 힘들었다. 곁에 좋은 사람이 없었던 건 아니지만 나의 불행이 혹 전염이 될까, 내가 괜찮아지는 만큼 그들의 마음이 닳는 것은 아닐까 해서 억지로 평온한 척 행동했다. 하지만 내가 누군가에게 큰 힘이 되어주고 나서는 그들도 나와 같은 마음이었겠구나 하고 이해가 됐다. 나로 인해 내가 아끼는 사람이 괜찮아진다면 그것만큼 기쁜 일이 없었으니까. 앞으로는 서로 행복을 빌어주고 위로하며 살아가야겠다고 다짐했다. 속에 꾹꾹 담아두지만 말고, 기댈 수 있는 사람이 있다면 잠시 기댈 줄도 아는 사람이 되겠다고.

모든 사람에게
좋은 사람이 될 수 없다

모든 사람에게 착한 사람이어야 될 것 같고, 괜찮은 사람이어야 할 것 같지 않나요. 그러다 보니 나의 진짜 모습이 어떤지도 잘 모르겠고, 실은 괜찮지 않았는데 괜찮은 척 산 것은 아닐까 싶고. 관계 속에서 내가 어떻게 보일까 너무 걱정하지 말아요. 타인의 시선을 신경 쓰면서 할 말도 못 하는 사람이 되지 말고, 내가 느끼는 감정을 믿으면 돼요. 그렇게 살다가 보면 어떤 사람에게는 나쁜 사람이 될 수도 있고, 착한 사람으로도 불릴 수 있겠지만 차라리 그 편이 나아요. 진정한 나의 모습으로 만들고 유지하는 관계. 나의 모습을 바꿔야만 유지되는 관계는 희생으로 유지하는 관계인 거예요.

그저
한 걸음

시간이 갈수록 도전하는 일이 힘들어진다. 무언가를 하려
고 마음을 먹어도 이런저런 이유를 붙여가며 시도조차 하
지 않는다. 사람은 단 한 순간도 완벽해질 수 없다는 것을
잘 아는데도 불구하고, 완벽하지 못하다는 이유로 한 걸음
조차 떼지 못한다. 완벽함이라는 이유로 많은 시간을 버리
며 살지 말자. 그저 한 걸음만 옮기면 된다.

천천히
입을 떼는 사람

'아' 다르고 '어' 다르다는 말처럼 말이라는 건 가끔 내 의도와 다르게 뾰족하게 다듬어져 누군가에게 상처를 주기도 한다. 아무리 예쁜 생각을 품고 있어도 가시를 내뱉게 된다면 타인은 나의 진심을 알기도 전에 날카로운 말에 찔려 달아나는 것이다. 그래서 이제는 마음을 성급하게 드러내지 않는다. 입 밖으로 말이 나오는 순간부터는 시간을 되돌릴 수 없다는 사실을 명심하면서. 천천히 입을 떼는 사람이 될지언정 후회하는 말을 내뱉는 사람은 절대로 되지 않을 것이다.

꽃처럼

나의 하루를 궁금해하는 사람이 없다고 해서 내 삶이 보잘것없는 것은 아니다. 그러니 당장 나를 찾는 사람이 없다고 해서 스스로 가치를 깎아내리며 주눅들 필요는 없다. 마음이 흔들릴 땐 더욱더 묵묵히 나아가야 한다는 걸 명심하기. 누구나 잠재를 품고 있고 당신에게도 무한한 우주가 있다. 보이지 않는 곳을 지날수록 단단한 마음을 품고 살자. 만개할 수 있다.

정말로
좋은 사람

정말로 좋은 사람을 만나게 되면 그 사람과 함께 늙어가고 싶다고 생각하게 된다. 젊고 생기 가득할 때 서로를 만나서 같은 방향으로 오래 걸어갈 수 있다는 것, 점점 짙게 물들 수 있다는 것. 전에는 다정한 노부부를 봐도 별다른 생각이 없었으나 좋은 사람을 만나게 되니 알겠다. 그건 참 낭만적인 일이라는 것을.

당신이 알고 싶어졌다가, 당신 그 자체를 사랑하려다가, 당신의 삶 속에서 평생 산책을 하고 싶어졌다. 좋은 사람을 만난다는 건 이렇게나 중요한 일이다. 내 삶에 엄청난 영향력을 끼치고, 거대한 행복을 가져다준다. 마주하기 싫었던 주름진 나의 모습이 기다려질 만큼.

이별에
대처하는 법

사람과 이별은 가까이 있다. 어릴 적 사랑하던 친구가 먼 곳으로 이사 갈 때, 키우던 물고기가 갑자기 죽어버렸을 때, 언제나 나를 따뜻하게 안아주던 할머니와 작별해야 했을 때 우리는 이미 이별을 겪은 셈이지만 사람은 변하지 않는다. 무수한 이별을 겪었어도 곁에 있는 사람을 여전히 소홀히 대하고 다정하지 않으며, 미워하는 감정이 커졌다는 이유로 한 사람을 완전히 외면하기도 한다. 나를 사랑하는 사람과 내가 사랑하는 사람은 언젠가 내 곁을 반드시 떠난다. 전하지 못한 마음은 늦지 않게 전하고, 미움은 적당한 선에서 끝낼 수 있도록 하자. 우리는 언젠가 흙으로 돌아가는 존재. 그때가 되면 미움도, 사랑도 흩어져 사라질 뿐이다.

나만 아는
행복한 순간

남들에게 설명하지 않아도, 남들이 이해하지 못해도 나만 알고 있는 행복한 순간이 있어요. 남들은 하찮다고 생각하고 별 볼 일 없는 거라고 여길지 모르지만, 내 곁에 언제나 품고 있고 싶은 소중한 기억 같은 것. 살아가다 보면 나만 느낄 수 있는 것들이 많이 생길 거예요. 하지만 그렇다고 내가 소중하다 여기는 것들이 볼품없어지는 것이 아님을 명심하길 바라요. 남들은 나를 잘 모르지만, 나는 내가 소중하다는 걸 아는 것처럼. 내게 소중한 것들은 굳이 설명할 필요가 없어요. 그저 느끼기만 하면 돼요.